史铁生

要是有些事我没说,

地坛,

你别以为是我忘了,

我什么也没忘,

但是有些事只适合收藏。

自言自语

史铁生————著

人民文学出版社

图书在版编目（CIP）数据

自言自语／史铁生著 .－－北京：人民文学出版社，2024（2025.6重印）
ISBN 978－7－02－018572－6

Ⅰ.①自… Ⅱ.①史… Ⅲ.①散文集－中国－当代 Ⅳ.①I267

中国国家版本馆 CIP 数据核字（2024）第062340号

责任编辑　杜　丽
装帧设计　刘　静
责任印制　苏文强

出版发行　**人民文学出版社**
社　　址　北京市朝内大街166号
邮政编码　100705

印　　刷　河北博文科技印务有限公司
经　　销　全国新华书店等

字　　数　126千字
开　　本　850毫米×1168毫米　1/32
印　　张　8.875　插页3
印　　数　29001—34000
版　　次　2024年4月北京第1版
印　　次　2025年6月第6次印刷

书　　号　978-7-02-018572-6
定　　价　46.00元

如有印装质量问题，请与本社图书销售中心调换。电话：010-65233595

十五年前的一个下午，我摇着
轮椅进入园中，它为一个失魂落魄
的人把一切都准备好了。

目　录

我与地坛＿＿ 1

我二十一岁那年＿＿ 32

我的梦想＿＿ 52

轻轻地走与轻轻地来＿＿ 58

合欢树＿＿ 65

秋天的怀念＿＿ 70

老海棠树＿＿ 73

消逝的钟声＿＿ 78

故乡的胡同＿＿ 83

墙下短记＿＿ 87

记忆迷宫＿＿ 101

爱情问题＿＿ 112

扶轮问路＿＿ 131

身与心＿＿ 142

诚实与善思＿＿ 146

给小水的三封信＿＿ 164

好运设计＿＿ 177

足球内外＿＿ 208

放下与执着＿＿ 228

复杂的必要＿＿ 236

自言自语＿＿ 239

我 与 地 坛

一

　　我在好几篇小说中都提到过一座废弃的古园，实际上就是地坛。许多年前旅游业还没有开展，园子荒芜冷落得如同一片野地，很少被人记起。

　　地坛离我家很近。或者说我家离地坛很近。总之，只好认为这是缘分。地坛在我出生前四百多年就坐落在那儿了，而自从我的祖母年轻时带着我父亲来到北京，就一直住在离它不远的地方——五十多年间搬过几次家，可搬来搬去总是在它周围，而且是越搬离它越近了。我常觉得这中间有着宿命的味道：仿佛这古园就是为了等我，而历尽沧桑在那儿等待了四百多年。

它等待我出生，然后又等待我活到最狂妄的年龄上忽地残废了双腿。四百多年里，它一面剥蚀了古殿檐头浮夸的琉璃，淡褪了门壁上炫耀的朱红，坍圮了一段段高墙又散落了玉砌雕栏，祭坛四周的老柏树愈见苍幽，到处的野草荒藤也都茂盛得自在坦荡。这时候想必我是该来了。十五年前的一个下午，我摇着轮椅进入园中，它为一个失魂落魄的人把一切都准备好了。那时，太阳循着亘古不变的路途正越来越大，也越红。在满园弥漫的沉静光芒中，一个人更容易看到时间，并看见自己的身影。

自从那个下午我无意中进了这园子，就再没长久地离开过它。我一下子就理解了它的意图。正如我在一篇小说中所说的："在人口密聚的城市里，有这样一个宁静的去处，像是上帝的苦心安排。"

两条腿残废后的最初几年，我找不到工作，找不到去路，忽然间几乎什么都找不到了，我就摇了轮椅总是到它那儿去，仅为着那儿是可以逃避一个世界的另一个世界。我在那篇小说中写道："没处可去我便一天到晚耗在这园子里。跟上班下班一样，别人去上班我就摇了轮椅到这儿来。""园子无人看管，上下班时间有些抄近路的人们从园中穿过，园子里活跃一阵，过后便沉寂下来。""园墙在金晃晃的空气中斜切下一溜阴凉，我把轮椅开进去，把椅背放倒，坐着或是躺着，看书或者想事，撅一杈树枝左右拍打，驱赶那些和我一样不明白为什么要来这世上的小昆虫。""蜂儿如一朵小雾稳稳地停在半空；蚂蚁摇头晃脑捋着触须，猛然间想透了什么，转身疾行而去；瓢虫爬得不耐烦了，累了，祈祷一回便支开翅膀，忽悠一下升空了；树干上留着一只蝉蜕，寂寞如一间空屋；露水在草叶上滚动，聚集，压弯了草叶轰然坠地摔开万道金光。""满园子都是草木竞相生长弄出的响动，窸窸窣窣窸窸窣窣片刻不息。"这都是真实的记录，园子荒芜但并不衰败。

除去几座殿堂我无法进去，除去那座祭坛我不能上去而只能从各个角度张望它，地坛的每一棵树下我都去过，差不多它的每一米草地上都有过我的车轮印。无论是什么季节，什么天气，什么时间，我都在这园子里待过。有时候待一会儿就回家，有时候就待到满地上都亮起月光。记不清都是在它的哪些角落里了，我一连几小时专心致志地想关于死的事，也以同样的耐心和方式想过我为什么要出生。这样想了好几年，最后事情终于弄明白了：一个人，出生了，这就不再是一个可以辩论的问题，而只是上帝交给他的一个事实；上帝在交给我们这件事实的时候，已经顺便保证了它的结果，所以死是一件不必急于求成的事，死是一个必然会降临的节日。这样想过之后我安心多了，眼前的一切不再那么可怕。比如你起早熬夜准备考试的时候，忽然想起有一个长长的假期在前面等待你，你会不会觉得轻松一点儿？并且庆幸并且感激这样的安排？

剩下的就是怎样活的问题了。这却不是在某一个瞬间就能完全想透的，不是能够一次性解决的事，怕是活多久就要想它多久了，就像是伴你终生的魔鬼或恋人。所以，十五年了，我还是总得到那古园里去，去它的老树下或荒草边或颓墙旁，去默坐，去呆想，去推开耳边的嘈杂理一理纷乱的思绪，去窥看自己的心魂。十五年中，这古园的形体被不能理解它的人肆意雕琢，幸好有些东西是任谁也不能改变它的。譬如祭坛石门中的落日，寂静的光辉平铺的一刻，地上的每一个坎坷都被映照得灿烂；譬如在园中最为落寞的时间，一群雨燕便出来高歌，把天地都叫喊得苍凉；譬如冬天雪地上孩子的脚印，总让人猜想他们是谁，曾在哪儿做过些什么，然后又都到哪儿去了；譬如那些苍黑的古柏，你忧郁的时候它们镇静地站在那儿，你欣喜的时候它们依然镇静地站在那儿，它们没日没夜地站在那儿从你没有出生一直站到这个世界上又没了你的时候；譬如暴雨骤临园中，激起一阵阵灼烈而清纯的草木和泥土的气味，让人想起无数个夏天的事件；譬如秋风忽至，再有一场早霜，落叶或飘摇歌舞或坦然安卧，满园中播散着熨帖而微苦的味道。味道是最说不清楚的，味道不能写只能闻，要你身临其境去闻才能明了。味道甚至是难于记忆的，只有你又闻到它你才能记起它的全部情感和意蕴。所以我常常要到那园子里去。

二

现在我才想到，当年我总是独自跑到地坛去，曾经给母亲出了一个怎样的难题。

她不是那种光会疼爱儿子而不懂得理解儿子的母亲。她知道我心里的苦闷，知道不该阻止我出去走走，知道我要是老待在家里结果会更糟，但她又担心我一个人在那荒僻的园子里整天都想些什么。我那时脾气坏到极点，经常是发了疯一样的离开家，从那园子里回来又中了魔似的什么话都不说。母亲知道有些事不宜问，便犹犹豫豫地想问而终于不敢问，因为她自己心里也没有答案。她料想我不会愿意她跟我一同去，所以她从未这样要求过，她知道得给我一点儿独处的时间，得有这样一段过程。她只是不知道这过程得要多久和这过程的尽头究竟是什么。每次我要动身时，她便无言地帮我准备，帮助我上了轮椅车，看着我摇车拐出小院；这以后她会怎样，当年我不曾想过。

有一回我摇车出了小院，想起一件什么事又返身回来，看见母亲仍站在原地，还是送我走时的姿势，望着我拐出小院去的那处墙角，对我的回来竟一时没有反应。待她再次送我出门的时候，她说："出去活动活动，去地坛看看书，我说这挺好。"许多年以后我才渐渐听出，母亲这话实际上是自我安慰，是暗自的祷告，是给我的提示，是恳求与嘱咐。只是在她猝然去世之后，我才有余暇设想。当我不在家里的那些漫长的时间，她是怎样心神不定坐卧难宁，兼着痛苦与惊恐与一个母亲最低限度的祈求。现在我可以断定，以她的聪慧和坚忍，在那些空落的白天后的黑夜，在那不眠的黑夜后的白天，她思来想去最后准是对自己说：

"反正我不能不让他出去，未来的日子是他自己的，如果他真的在那园子里出了什么事，这苦难也只好我来承担。"在那段日子里——那是好几年前的一段日子，我想我一定使母亲做过最坏的准备了，但她从来没有对我说过："你为我想想。"事实上我也真的没为她想过。那时她的儿子还太年轻，还来不及为母亲想，他被命运击昏了头，一心以为自己是世上最不幸的一个，不知道儿子的不幸在母亲那儿总是要加倍的。她有一个长到二十岁上忽然截瘫了的儿子，这是她唯一的儿子；她情愿截瘫的是自己而不是儿子，可这事无法代替；她想，只要儿子能活下去哪怕自己去死呢也行，可她又确信一个人不能仅仅是活着，儿子得有一条路走向自己的幸福；而这条路呢，没有谁能保证她的儿子最终能找到——这样一个母亲，注定是活得最苦的母亲。

有一次与一个作家朋友聊天，我问他学写作的最初动机是什么？他想了一会儿说："为我母亲。为了让她骄傲。"我心里一惊，良久无言。回想自己最初写小说的动机，虽不似这位朋友的那般单纯，但如他一样的愿望我也有，且一经细想，发现这愿望也在全部动机中占了很大比重。这位朋友说："我的动机太低俗了吧？"我光是摇头，心想低俗并不见得低俗，只怕是这愿望过于天真了。他又说："我那时真就是想出名，出了名让别人羡慕我母亲。"我想，他比我坦率。我想，他又比我幸福，因为他的母亲还活着。而且我想，他的母亲也比我的母亲运气好，他的母亲没有一个双腿残废的儿子，否则事情就不这么简单。

在我的头一篇小说发表的时候，在我的小说第一次获奖的那些日子里，我真是多么希望我的母亲还活着。我便又不能在家里待了，又整天整天独自跑到地坛去，心里是没头没尾的沉郁和哀怨，走遍整个园子却怎么也想不通：母亲为什么就不能再多活两年？为什么在她儿子就快要碰撞开一条路的时候，她却忽然熬不住了？莫非她来此世上只是为了替儿子担忧，却不该分享我的一点点快乐？她匆匆离我去时才只有四十九岁呀！有那么一会儿，我甚至对世界对上帝充满了仇恨和厌恶。后来我在一篇题为《合欢树》的文章中写道："坐在小公园安静的树林里，我闭上眼睛，想：上帝为什么早早地召母亲回去呢？很久很久，迷迷糊糊地，我听见回答：'她心里太苦了。上帝看她受不住了，就召她回去。'我似乎得到一点儿安慰，睁开眼睛，看见风正从树林里穿过。"小公园，指的也是地坛。

只是到了这时候，纷纭的往事才在我眼前幻现得清晰，母亲的苦难与伟大才在我心中渗透得深彻。上帝的考虑，也许是对的。

摇着轮椅在园中慢慢走，又是雾罩的清晨，又是骄阳高悬的白昼，我只想着一件事：母亲已经不在了。在老柏树旁停下，在草地上在颓墙边停下，又是处处虫鸣的午后，又是鸟儿归巢的傍晚，我心里只默念着一句话：可是母亲已经不在了。把椅背放倒，躺下，似睡非睡挨到日没，坐起来，心神恍惚，呆呆地直坐到古祭坛上落满黑暗然后再渐渐浮起月光，心里才有点儿明白，母亲不能再来这园中找我了。

曾有过好多回，我在这园子里待得太久了，母亲就来找我。她来找我又不想让我发觉，只要见我还好好地在这园子里，她就悄悄转身回去，我看见过几次她的背影。我也看见过几回她四处张望的情景，她视力不好，端着眼镜像在寻找海上的一条船，她没看见我时我已经看见她了，待我看见她也看见我了我就不去看她，过一会儿我再抬头看她就又看见她缓缓离去的背影。我单是无法知道有多少回她没有找到我。有一回我坐在矮树丛中，树丛很密，我看见她没有找到我；她一个人在园子里走，走过我的身旁，走过我经常待的一些地方，步履茫然又急迫。我不知道她已经找了多久还要找多久，我不知道为什么我决意不喊她——但这绝不是小时候的捉迷藏，这也许是出于长大了的男孩子的倔强或羞涩？但这倔强只留给我痛悔，丝毫也没有骄傲。我真想告诫所有长大了的男孩子，千万不要跟母亲来这套倔强，羞涩就更不必，我已经懂了可我已经来不及了。

儿子想使母亲骄傲，这心情毕竟是太真实了，以致使"想出名"这一声名狼藉的念头也多少改变了一点儿形象。这是个复杂的问题，且不去管它了罢。随着小说获奖的激动逐日暗淡，我开始相信，至少有一点我是想错了：我用纸笔在报刊上碰撞开的一条路，并不就是母亲盼望我找到的那条路。年年月月我都到这园子里来，年年月月我都要想，母亲盼望我找到的那条路到底是什么。母亲生前没给我留下过什么隽永的哲言，或要我恪守的教诲，只是在她去世之后，她艰难的命运、坚忍的意志和毫不张扬的爱，随光阴流转，在我的印象中愈加鲜明深刻。

有一年，十月的风又翻动起安详的落叶，我在园中读书，听见两个散步的老人说："没想到这园子有这么大。"
我放下书，想，这么大一座园子，要在其中找到她的儿子，
母亲走过了多少焦灼的路。多年来我头一次意识到，这园
中不单是处处都有过我的车辙，有过我的车辙的地方也都
有过母亲的脚印。

三

　　如果以一天中的时间来对应四季，当然春天是早晨，
夏天是中午，秋天是黄昏，冬天是夜晚。如果以乐器来对
应四季，我想春天应该是小号，夏天是定音鼓，秋天是大
提琴，冬天是圆号和长笛。要是以这园子里的声响来对应
四季呢？那么，春天是祭坛上空漂浮着的鸽子的哨音，夏
天是冗长的蝉歌和杨树叶子哗啦啦地对蝉歌的取笑，秋天
是古殿檐头的风铃响，冬天是啄木鸟随意而空旷的啄木声。
以园中的景物对应四季，春天是一径时而苍白时而黑润的
小路，时而明朗时而阴晦的天上摇荡着串串杨花；夏天是
一条条耀眼而灼人的石凳，或阴凉而爬满了青苔的石阶，
阶下有果皮，阶上有半张被坐皱的报纸；秋天是一座青铜

的大钟，在园子的西北角上曾丢弃着一座很大的铜钟，铜钟与这园子一般年纪，浑身挂满绿锈，文字已不清晰；冬天，是林中空地上几只羽毛蓬松的老麻雀。以心绪对应四季呢？春天是卧病的季节，否则人们不易发觉春天的残忍与渴望；夏天，情人们应该在这个季节里失恋，不然就似乎对不起爱情；秋天是从外面买一棵盆花回家的时候，把花搁在阔别了的家中，并且打开窗户把阳光也放进屋里，慢慢回忆慢慢整理一些发过霉的东西；冬天伴着火炉和书，一遍遍坚定不死的决心，写一些并不发出的信。还可以用艺术形式对应四季，这样春天就是一幅画，夏天是一部长篇小说，秋天是一首短歌或诗，冬天是一群雕塑。以梦呢？以梦对应四季呢？春天是树尖上的呼喊，夏天是呼喊中的细雨，秋天是细雨中的土地，冬天是干净的土地上的一只孤零的烟斗。

因为这园子，我常感恩于自己的命运。

我甚至现在就能清楚地看见，一旦有一天我不得不长久地离开它，我会怎样想念它，我会怎样想念它并且梦见它，我会怎样因为不敢想念它而梦也梦不到它。

四

现在让我想想，十五年中坚持到这园子来的人都是谁呢？好像只剩了我和一对老人。

十五年前，这对老人还只能算是中年夫妇，我则货真价实还是个青年。他们总是在薄暮时分来园中散步，我不大弄得清他们是从哪边的园门进来，一般来说他们是逆时针绕这园子走。男人个子很高，肩宽腿长，走起路来目不斜视，胯以上直至脖颈挺直不动，他的妻子攀了他一条胳膊走，也不能使他的上身稍有松懈。女人个子却矮，也不算漂亮，我无端地相信她必出身于家道中衰的名门富族；她攀在丈夫胳膊上像个娇弱的孩子，她向四周观望似总含着恐惧，她轻声与丈夫谈话，见有人走近就立刻怯怯地收住话头。我有时因为他们而想起冉阿让与柯赛特，但这想法并不巩固，他们一望即知是老夫老妻。两个人的穿着都算得上考究，但由于时代的演进，他们的服饰又可以称为古朴了。他们和我一样，到这园子里来几乎是风雨无阻，不过他们比我守时。我什么时间都可能来，他们则一定是在暮色初临的时候。刮风时他们穿了米色风衣，下雨时他们打了黑色的雨伞，夏天他们的衬衫是白色的裤子是黑色的或米色的，冬天他们的呢子大衣又都是黑色的，想必他们只喜欢这三种颜色。他们逆时针绕这园子一周，然后离去。他们走过我身旁时只有男人的脚步响，女人像是贴在高大的丈夫身上跟着漂移。我相信他们一定对我有印象，但是我们没有说过话，我们互相都没有想要接近的表示。十五年中，他们或许注意到一个小伙子进入了中年，我则看着一对令人羡慕的中年情侣不觉中成了两个老人。

曾有过一个热爱唱歌的小伙子，他也是每天都到这园中来，来唱歌，唱了好多年，后来不见了。他的年纪与我相仿，他多半是早晨来，唱半小时或整整唱一个上午，估计在另外的时间里他还得上班。我们经常在祭坛东侧的小路上相遇，我知道他是到东南角的高墙下去唱歌，他一定猜想我去东北角的树林里做什么。我找到我的地方，抽几口烟，便听见他谨慎地整理歌喉了。他反反复复唱那么几首歌。"文化革命"没过去的时候，他唱"蓝蓝的天上白云飘，白云下面马儿跑……"我老也记不住这歌的名字。"文革"后，他唱《货郎与小姐》中那首最为流传的咏叹调。

"卖布——卖布嘞，卖布——卖布嘞！"我记得这开头的一句他唱得很有声势，在早晨清澈的空气中，货郎跑遍园中的每一个角落去恭维小姐。"我交了好运气，我交了好运气，我为幸福唱歌曲……"然后他就一遍一遍地唱，不让货郎的激情稍减。依我听来，他的技术不算精到，在关键的地方常出差错，但他的嗓子是相当不坏的，而且唱一个上午也听不出一点儿疲惫。太阳也不疲惫，把大树的影子缩小成一团，把疏忽大意的蚯蚓晒干在小路上。将近中午，我们又在祭坛东侧相遇，他看一看我，我看一看他，他往北去，我往南去。日子久了，我感到我们都有结识的愿望，但似乎都不知如何开口，于是互相注视一下终又都移开目光擦身而过；这样的次数一多，便更不知如何开口了。终于有一天——一个丝毫没有特点的日子，我们互相点了一下头，他说："你好。"我说："你好。"他说："回去啦？"我说："是，你呢？"他说："我也该回去了。"我们都放慢脚步（其实我是放慢车速），想再多说几句，但仍然是不知从何说起，这样我们就都走过了对方，又都扭转身子面向对方。他说："那就再见吧。"我说："好，再见。"便互相笑笑各走各的路了。但是我们没有再见，那以后，园中再没了他的歌声，我才想到，那天他或许是有意与我道别的，也许他考上了哪家专业的文工团或歌舞团了吧？真希望他如他歌里所唱的那样，交了好运气。

还有一些人，我还能想起一些常到这园子里来的人。有一个老头，算得一个真正的饮者；他在腰间挂一个扁瓷瓶，瓶里当然装满了酒，常来这园中消磨午后的时光。他在园中四处游逛，如果你不注意你会以为园中有好几个这样的老头，等你看过了他卓尔不群的饮酒情状，你就会相信这是个独一无二的老头。他的衣着过分随便，走路的姿态也不慎重，走上五六十米路便选定一处地方，一只脚踏在石凳上或土埂上或树墩上，解下腰间的酒瓶，解酒瓶的当儿眯起眼睛把一百八十度视角内的景物细细看一遍，然后以迅雷不及掩耳之势倒一大口酒入肚，把酒瓶摇一摇再挂向腰间，平心静气地想一会儿什么，便走下一个五六十米去。还有一个捕鸟的汉子，那岁月园中人少，鸟却多，他在西北角的树丛中拉一张网，鸟撞在上面，羽毛剐在网眼里便不能自拔。他单等一种过去很多而现在非常罕见的鸟，其他的鸟撞在网上他就把它们摘下来放掉，他说已经有好多年没等到那种罕见的鸟了，他说他再等一年看看到底还有没有那种鸟，结果他又等了好多年。早晨和傍晚，在这园子里可以看见一个中年女工程师，早晨她从北向南穿过这园子去上班，傍晚她从南向北穿过这园子回家，事实上我并不了解她的职业或者学历，但我以为她必是学理工的知识分子，别样的人很难有她那般的素朴并优雅。当她在园子穿行的时刻，四周的树林也仿佛更加幽静，清淡的日光中竟似有悠远的琴声，比如说是那曲《献给艾丽丝》才好。我没有见过她的丈夫，没有见过那个幸运的男人是什么样子，我想象过却想象不出，后来忽然懂了想象不出才好，那个男人最好不要出现。她走出北门回家去，我竟有点儿担心，担心她会落入厨房，不过，也许她在厨房里劳作的情景更有另外的美吧，当然不能再是《献给艾丽丝》，是个什么曲子呢？还有一个人，是我的朋友，他是个最有天赋的长跑家，但他被埋没了。他因为在"文革"中出言不慎而坐了几年牢，出来后好不容易找了个拉板车的工作，样样待遇都不能与别人平等，苦闷极了便练习长跑。那时他总来这园子里跑，我用手表为他计时，他每跑一圈向我招一下手，我就记下一个时间。每次他要环绕这园子跑二十圈，大约两万米。他盼望以他的长跑成绩来获得政治上真正的解放，他以为记者的镜头和文字可以帮他做到这一点。第一年他在春节环城赛上跑了第十五名，他看见前十名的照片都挂在了长安街的新闻橱窗里，于是有了信心。第二年他跑了第四名，可是新闻橱窗里只挂了前三名的照片，他没灰心。第三年他跑了第七名，橱窗里挂前六名的照片，他有点儿怨自己。第四年他跑了第三名，橱窗里却只挂了第一名的照片。第五年他跑了第一名——他几乎绝望了，橱窗里只有一幅环城赛群众场面的照片。那些年我们俩常一起在这园子里待到天黑，开怀痛骂，骂完沉默着回家，分手时再互相叮嘱：先别去死，再试着活一活看。现在他已经不跑了，年岁太大了，跑不了那么快了。最后一次参加环城赛，他以三十八岁之龄又得了第一名并破了纪录，有一位专业队的教练对他说："我要是十年前发现你就好了。"他苦笑一下什么也没说，只在傍晚又来这园中找到我，把这事平静地向我叙说一遍。不见他已有好几年了，现在他和妻子和儿子住在很远的地方。

这些人现在都不到园子里来了，园子里差不多完全换了一批新人。十五年前的旧人，现在就剩我和那对老夫老妻了。有那么一段时间，这老夫老妻中的一个也忽然不来，薄暮时分唯男人独自来散步，步态也明显迟缓了许多，我悬心了很久，怕是那女人出了什么事。幸好过了一个冬天那女人又来了，两个人仍是逆时针绕着园子走，一长一短两个身影恰似钟表的两支指针；女人的头发白了许多，但依旧攀着丈夫的胳膊走得像个孩子。"攀"这个字用得不恰当了，或许可以用"搀"吧，不知有没有兼具这两个意思的字。

五

我也没有忘记一个孩子——一个漂亮而不幸的小姑娘。十五年前的那个下午，我第一次到这园子里来就看见了她，那时她大约三岁，蹲在斋宫西边的小路上捡树上掉落的"小灯笼"。那儿有几棵大栾树，春天开一簇簇细小而稠密的黄花，花落了便结出无数如同三片叶子合抱的小灯笼，小灯笼先是绿色，继而转白，再变黄，成熟了掉落得满地都是。小灯笼精巧得令人爱惜，成年人也不免捡了一个还要捡一个。小姑娘咿咿呀呀地跟自己说着话，一边捡小灯笼；她的嗓音很好，不是她那个年龄所常有的那般尖细，而是很圆润甚或是厚重，也许是因为那个下午园子里太安静了。我奇怪这么小的孩子怎么一个人跑来这园子里？我问她住在哪儿？她随指一下，就喊她的哥哥，沿墙根一带的茂草之中便站起一个七八岁的男孩，朝我望望，看我不像坏人便对他的妹妹说："我在这儿呢！"又伏下身去，他在捉什么虫子。他捉到螳螂、蚂蚱、知了和蜻蜓，来取悦他的妹妹。有那么两三年，我经常在那几棵大栾树下见到他们，兄妹俩总是在一起玩，玩得和睦融洽，都渐渐长大了些。之后有很多年没见到他们。我想他们都在学校里吧，小姑娘也到了上学的年龄，必是告别了孩提时光，没有很多机会来这儿玩了。这事很正常，没理由太搁在心上，若不是有一年我又在园中见到他们，肯定就会慢慢把他们忘记。

那是个礼拜日的上午。那是个晴朗而令人心碎的上午，时隔多年，我竟发现那个漂亮的小姑娘原来是个弱智的孩子。我摇着车到那几棵大栾树下去，恰又是遍地落满了小灯笼的季节；当时我正为一篇小说的结尾所苦，既不知为什么要给它那样一个结尾，又不知何以忽然不想让它有那样一个结尾，于是从家里跑出来，想依靠着园中的镇静，看看是否应该把那篇小说放弃。我刚刚把车停下，就见前面不远处有几个人在戏耍一个少女，做出怪样子来吓她，又喊又笑地追逐她拦截她，少女在几棵大树间惊惶地东跑西躲，却不松手揪卷在怀里的裙裾，两条腿袒露着也似毫无察觉。我看出少女的智力是有些缺陷，却还没看出她是谁。我正要驱车上前为少女解围，就见远处飞快地骑车来了个小伙子，于是那几个戏耍少女的家伙望风而逃。小伙子把自行车支在少女近旁，怒目望着那几个四散逃窜的家伙，一声不吭喘着粗气，脸色如暴雨前的天空一样一会儿比一会儿苍白。这时我认出了他们，小伙子和少女就是当年那对小兄妹。我几乎是在心里惊叫了一声，或者是哀号。世上的事常常使上帝的居心变得可疑。小伙子向他的妹妹走去。少女松开了手，裙裾随之垂落了下来，很多很多她捡的小灯笼便洒落了一地，铺散在她脚下。她仍然算得上漂亮，但双眸迟滞没有光彩。她呆呆地望着那群跑散的家伙，望着极目之处的空寂，凭她的智力绝不可能把这个世界想明白吧？大树下，破碎的阳光星星点点，风把遍地的小灯笼吹得滚动，仿佛暗哑地响着无数小铃铛。哥哥把妹妹扶上自行车后座，带着她无言地回家去了。

无言是对的。要是上帝把漂亮和弱智这两样东西都给了这个小姑娘，就只有无言和回家去是对的。

谁又能把这世界想个明白呢？世上的很多事是不堪说的。你可以抱怨上帝何以要降诸多苦难给这人间，你也可以为消灭种种苦难而奋斗，并为此享有崇高与骄傲，但只要你再多想一步你就会坠入深深的迷茫了：假如世界上没有了苦难，世界还能够存在么？要是没有愚钝，机智还有什么光荣呢？要是没了丑陋，漂亮又怎么维系自己的幸运？要是没有了恶劣和卑下，善良与高尚又将如何界定自己又如何成为美德呢？要是没有了残疾，健全会否因其司空见惯而变得腻烦和乏味呢？我常梦想着在人间彻底消灭残疾，但可以相信，那时将由患病者代替残疾人去承担同样的苦难。如果能够把疾病也全数消灭，那么这份苦难又将由（比如说）相貌丑陋的人去承担了。就算我们连丑陋、连愚昧和卑鄙和一切我们所不喜欢的事物和行为，也都可以统统消灭掉，所有的人都一样健康、漂亮、聪慧、高尚，结果会怎样呢？怕是人间的剧目就全要收场了，一个失去差别的世界将是一潭死水，是一块没有感觉没有肥力的沙漠。

看来差别永远是要有的。看来就只好接受苦难——人类的全部剧目需要它，存在的本身需要它。看来上帝又一次对了。

于是就有一个最令人绝望的结论等在这里：由谁去充任那些苦难的角色？又有谁去体现这世间的幸福、骄傲和快乐？只好听凭偶然，是没有道理好讲的。

就命运而言，休论公道。

那么，一切不幸命运的救赎之路在哪里呢？

设若智慧或悟性可以引领我们去找到救赎之路，难道所有的人都能够获得这样的智慧和悟性吗？

我常以为是丑女造就了美人。我常以为是愚氓举出了智者。我常以为是懦夫衬照了英雄。我常以为是众生度化了佛祖。

六

设若有一位园神，他一定早已注意到了，这么多年我在这园里坐着，有时候是轻松快乐的，有时候是沉郁苦闷的，有时候优哉游哉，有时候恓惶落寞，有时候平静而且自信，有时候又软弱，又迷茫。其实总共只有三个问题交替着来骚扰我，来陪伴我。第一个是要不要去死，第二个是为什么活，第三个，我干吗要写作。

现在让我看看，它们迄今都是怎样编织在一起的吧。

你说，你看穿了死是一件无需乎着急去做的事，是一件无论怎样耽搁也不会错过的事，便决定活下去试试？是的，至少这是很关键的因素。为什么要活下去试试呢？好像仅仅是因为不甘心，机会难得，不试白不试，腿反正是完了，一切仿佛都要完了，但死神很守信用，试一试不会额外再有什么损失。说不定倒有额外的好处呢是不是？我说过，这一来我轻松多了，自由多了。为什么要写作呢？作家是两个被人看重的字，这谁都知道。为了让那个躲在园子深处坐轮椅的人，有朝一日在别人眼里也稍微有点儿光彩，在众人眼里也能有个位置，哪怕那时再去死呢也就多少说得过去了。开始的时候就是这样想，这不用保密，这些现在不用保密了。

我带着本子和笔，到园中找一个最不为人打扰的角落，偷偷地写。那个爱唱歌的小伙子在不远的地方一直唱。要是有人走过来，我就把本子合上把笔叼在嘴里。我怕写不成反落得尴尬。我很要面子。可是你写成了，而且发表了。人家说我写得还不坏，他们甚至说：真没想到你写得这么好。我心说你们没想到的事还多着呢。我确实有整整一宿高兴得没合眼。我很想让那个唱歌的小伙子知道，因为他的歌也毕竟是唱得不错。我告诉我的长跑家朋友的时候，那个中年女工程师正优雅地在园中穿行；长跑家很激动，他说好吧，我玩命跑，你玩命写。这一来你中了魔了，整天都在想哪一件事可以写，哪一个人可以让你写成小说。是中了魔了，我走到哪儿想到哪儿，在人山人海里只寻找小说。要是有一种小说试剂就好了，见人就滴两滴看他是不是一篇小说；要是有一种小说显影液就好了，把它泼满全世界看看都是哪儿有小说。中了魔了，那时我完全是为了写作活着。结果你又发表了几篇，并且出了一点儿小名，可这时你越来越感到恐慌。我忽然觉得自己活得像个人质，刚刚有点儿像个人了却又过了头，像个人质，被一个什么阴谋抓了来当人质，不定哪天被处决，不定哪天就完蛋。你担心要不了多久你就会文思枯竭，那样你就又完了。凭什么我总能写出小说来呢？凭什么那些适合做小说的生活素材就总能送到一个截瘫者跟前来呢？人家满世界跑都有枯竭的危险，而我坐在这园子里凭什么可以一篇接一篇地写呢？你又想到死了。我想见好就收吧。当一名人质实在是太累了太紧张了，太朝不保夕了。我为写作而活下来，要是写作到底不是我应该干的事，我想我再活下去是不是太冒傻气了？你这么想着你却还在绞尽脑汁地想写。我好歹又拧出点儿水来，从一条快要晒干的毛巾上。恐慌日甚一日，随时可能完蛋的感觉比完蛋本身可怕多了，所谓不怕贼偷就怕贼惦记，我想人不如死了好，不如不出生的好，不如压根儿没有这个世界的好。可你并没有去死。我又想到那是一件不必着急的事。可是不必着急的事并不证明是一件必要拖延的事呀？你总是决定活下来，这说明什么？是的，我还是想活。人为什么活着？因为人想活着，说到底是这么回事，人真正的名字叫做：欲望。可我不怕死，有时候我真的不怕死。有时候——说对了。不怕死和想去死是两回事，有时候不怕死的人是有的，一生下来就不怕死的人是没有的。我有时候倒是怕活。可是怕活不等于不想活呀！可我为什么还想活呢？因为你还想得到点儿什么，你觉得你还是可以得到点儿什么的，比如说爱情，比如说价值感之类，人真正的名字叫欲望。这不对吗？我不该得到点儿什么吗？没说不该。可我为什么活得恐慌，就像个人质？后来你明白了，你明白你错了，活着不是为了写作，而写作是为了活着。你明白了这一点是在一个挺滑稽的时刻。那天你又说你不如死了好，你的一个朋友劝你：你不能死，你还得写呢，还有好多好作品等着你去写呢。这时候你忽然明白了，你说：只是因为我活着，我才不得不写作。或者说只是因为你还想活下去，你才不得不写作。是的，这样说过之后我竟然不那么恐慌了。就像你看穿了死之后所得的那份轻松？一个人质报复一场阴谋的最有效的办法是把自己杀死。我看出我得先把我杀死在市场上，那样我就不用参加抢购题材的风潮了。你还写吗？还写。你真的不得不写吗？人都忍不住要为生存找一些牢靠的理由。你不担心你会枯竭了？我不知道，不过我想，活着的问题在死前是完不了的。

这下好了，您不再恐慌了不再是个人质了，您自由了。算了吧你，我怎么可能自由呢？别忘了人真正的名字是：欲望。所以您得知道，消灭恐慌的最有效的办法就是消灭欲望。可是我还知道，消灭人性的最有效的办法也是消灭欲望。那么，是消灭欲望同时也消灭恐慌呢？还是保留欲望同时也保留人生？

我在这园子里坐着，我听见园神告诉我：每一个有激情的演员都难免是一个人质。每一个懂得欣赏的观众都巧妙地粉碎了一场阴谋。每一个乏味的演员都是因为他老以为这戏剧与自己无关。每一个倒霉的观众都是因为他总是坐得离舞台太近了。

我在这园子里坐着，园神成年累月地对我说：孩子，这不是别的，这是你的罪孽和福祉。

七

要是有些事我没说，地坛，你别以为是我忘了，我什么也没忘，但是有些事只适合收藏。不能说，也不能想，却又不能忘。它们不能变成语言，它们无法变成语言，一旦变成语言就不再是它们了。它们是一片朦胧的温馨与寂寥，是一片成熟的希望与绝望，它们的领地只有两处：心与坟墓。比如说邮票，有些是用于寄信的，有些仅仅是为了收藏。

如今我摇着车在这园子里慢慢走，常常有一种感觉，

要是有些事我没说，地坛，你
别以为是我忘了，我什么也没忘，
但是有些事只适合收藏。

觉得我一个人跑出来已经玩得太久了。有一天我整理我的旧相册，看见一张十几年前我在这园子里照的照片——那个年轻人坐在轮椅上，背后是一棵老柏树，再远处就是那座古祭坛。我便到园子里去找那棵树。我按着照片上的背景找很快就找到了它，按着照片上它枝干的形状找，肯定那就是它。但是它已经死了，而且在它身上缠绕着一条碗口粗的藤萝。有一天我在这园子里碰见一个老太太，她说："哟，你还在这儿哪？"她问我："你母亲还好吗？""您是谁？""你不记得我，我可记得你。有一回你母亲来这儿找你，她问我您看没看见一个摇轮椅的孩子？……"我忽然觉得，我一个人跑到这世界上来玩真是玩得太久了。有一天夜晚，我独自坐在祭坛边的路灯下看书，忽然从那漆黑的祭坛里传出一阵阵唢呐声；四周都是参天古树，方形祭坛占地几百平方米空旷坦荡独对苍天，我看不见那个吹唢呐的人，唯唢呐声在星光寥寥的夜空里低吟高唱，时而悲怆时而欢快，时而缠绵时而苍凉，或许这几个词都不足以形容它，我清清醒醒地听出它响在过去，响在现在，响在未来，回旋飘转亘古不散。

必有一天，我会听见喊我回去。

那时您可以想象一个孩子，他玩累了可他还没玩够呢，心里好些新奇的念头甚至等不及到明天。也可以想象是一个老人，无可置疑地走向他的安息地，走得任劳任怨。还可以想象一对热恋中的情人，互相一次次说"我一刻也不想离开你"，又互相一次次说"时间已经不早了"，时间不早了可我一刻也不想离开你，一刻也不想离开你可时间毕竟是不早了。

我说不好我想不想回去。我说不好是想还是不想，还是无所谓。我说不好我是像那个孩子，还是像那个老人，还是像一个热恋中的情人。很可能是这样：我同时是他们三个。我来的时候是个孩子，他有那么多孩子气的念头所以才哭着喊着闹着要来，他一来一见到这个世界便立刻成了不要命的情人，而对一个情人来说，不管多么漫长的时光也是稍纵即逝，那时他便明白，每一步每一步，其实一步步都是走在回去的路上。当牵牛花初开的时节，葬礼的号角就已吹响。

但是太阳，它每时每刻都是夕阳也都是旭日。当它熄灭着走下山去收尽苍凉残照之际，正是它在另一面燃烧着爬上山巅布散烈烈朝辉之时。那一天，我也将沉静着走下山去，扶着我的拐杖。有一天，在某一处山洼里，势必会跑上来一个欢蹦的孩子，抱着他的玩具。

当然，那不是我。

但是，那不是我吗？

宇宙以其不息的欲望将一个歌舞炼为永恒。这欲望有怎样一个人间的姓名，大可忽略不计。

1990 年

我二十一岁那年

友谊医院神经内科病房有十二间病室，除去1号2号，其余十间我都住过。当然，绝不为此骄傲。即便多么骄傲的人，据我所见，一躺上病床也都谦恭。1号和2号是病危室，是一步登天的地方，上帝认为我住那儿为时尚早。

十九年前，父亲搀扶着我第一次走进那病房。那时我还能走，走得艰难，走得让人伤心就是了。当时我有过一个决心：要么好，要么死，一定不再这样走出来。

正是晌午，病房里除了病人的微鼾，便是护士们轻极了的脚步，满目洁白，阳光中飘浮着药水的味道，如同信徒走进了庙宇，我感觉到了希望。一位女大夫把我引进10号病室。她贴近我的耳朵轻轻柔柔地问："午饭吃了没？"我说："您说我的病还能好吗？"她笑了笑。记不得她怎样回答了，单记得她说了一句什么之后，父亲的愁眉也略略地舒展。女大夫步履轻盈地走后，我永远留住了一个偏见：女人是最应该当大夫的，白大褂是她们最优雅的服装。

那天恰是我二十一岁生日的第二天。我对医学对命运都还未及了解，不知道病出在脊髓上将是一件多么麻烦的事。我舒心地躺下来睡了个好觉。心想：十天，一个月，好吧就算是三个月，然后我就又能是原来的样子了。和我一起插队的同学来看我时，也都这样想，他们给我带来很多书。

10号有六个床位。我是6床。5床是个农民，他天天都盼着出院。"光房钱一天一块一毛五，你算算得啦，"5床说，"'死病'值得了这么些？"3床就说："得了嘿，你有完没完！死死死，数你悲观。"4床是个老头，说："别介别介，咱毛主席有话啦——既来之，则安之。"农民便带笑地把目光转向我，却是对他们说："敢情你们都有公费医疗。"他知道我还在与贫下中农相结合。1床不说话，1床一旦说话即可出院。2床像是个有些来头的人，举手投足之间便赢得大伙儿的敬畏。2床幸福地把一切名词都忘了，包括忘了自己的姓名。2床讲话时，所有名词都以"这个""那个"代替，因而讲到一些轰轰烈烈的事迹却听不出是谁人所为。4床说："这多好，不得罪人。"

我不搭茬儿。刚有的一点儿舒心顷刻全光。一天一块多房钱都要从父母的工资里出，一天好几块的药钱、饭钱都要从父母的工资里出，何况为了给我治病家中早已是负债累累了。我马上就想那农民之所想了：什么时候才能出院呢？我赶紧松开拳头让自己放明白点儿：这是在医院不是在家里，这儿没人会容忍我发脾气，而且砸坏了什么还不是得用父母的工资去赔？所幸身边有书，想来想去只好一头埋进书里去，好吧好吧，就算是三个月！我平白地相信这样一个期限。

可是三个月后我不仅没能出院，病反而更厉害了。

那时我和2床一起住到了7号。2床果然不同寻常，是位局长，十一级干部，但还是多了一级，非十级以上者无缘去住高干病房的单间。7号是这普通病房中唯一仅设两张病床的房间，最接近单间，故一向由最接近十级的人去住。据说刚有个十三级从这儿出去。2床搬来名正言顺。我呢？护士长说是"这孩子爱读书"，让我帮助2床把名词重新记起来。"你看他连自己是谁都闹不清了。"护士长说。但2床却因此越来越让人喜欢。因为"局长"也是名词也在被忘之列,我们之间的关系日益平等、融洽。有一天他问我:"你是干什么的?"我说:"插队的。"2床说他的"那个"也是,两个"那个"都是,他在高出他半个头的地方比画一下:"就是那两个,我自己养的。""您是说您的两个儿子?"他说对,儿子。他说好哇,革命嘛就不能怕苦,就是要去结合。他说:"我们当初也是从那儿出来的嘛。"我说:"农村?""对对对。什么?""农村。""对对对农村。别忘本呀!"我说是。我说:"您的家乡是哪儿?"他于是抱着头想好久。这一回我也没办法提醒他。最后他骂一句,不想了,说:"我也放过那玩意儿。"他在头顶上伸直两个手指。"是牛吗?"他摇摇头,手往低处一压。"羊?""对了,羊。我放过羊。"他躺下,双手垫在脑后,甜甜蜜蜜地望着天花板老半天不言语。大夫说他这病叫做"角回综合征,命名性失语",并不影响其他记忆,尤其是遥远的往事更都记得清楚。我想局长到底是局长,比我会得病。他忽然又坐起来:"我的那个,喂,小什么来?""小儿子?""对!"他怒气冲冲地跳到地上,说:"那个小玩意儿,娘个×!"

说："他要去结合，我说好嘛我支持。"说："他来信要钱，说要办个这个。"他指了指周围，我想"那个小玩意儿"可能是要办个医疗站。他说："好嘛，要多少？我给。可那个小玩意儿！"他背着手气哼哼地来回走，然后停住，两手一摊，"可他又要在那儿结婚！""在农村？""对。农村。""跟农民？""跟农民。"无论是根据我当时的思想觉悟，还是根据报纸电台当时的宣传倡导，这都是值得肃然起敬的。"扎根派。"我钦佩地说。"娘了个×派！"他说，"可你还要不要回来嘛！"这下我有点儿发蒙。见我愣着，他又一跺脚，补充道："可你还要不要革命？"这下我懂了，先不管革命是什么，2床的坦诚却令人欣慰。

不必去操心那些玄妙的逻辑了。整个冬天就快过去，我反倒拄着拐杖都走不到院子里去了，双腿日甚一日地麻木，肌肉无可遏止地萎缩，这才是需要发愁的。

我能住到7号来，事实上是因为大夫护士们都同情我。因为我还这么年轻，因为我是自费医疗，因为大夫护士都已经明白我这病的前景极为不妙，还因为我爱读书——在那个"知识越多越反动"的年代，大夫护士们尤为喜爱一个爱读书的孩子。他们还把我当孩子。他们的孩子有不少也在插队。护士长好几次在我母亲面前夸我，最后总是说："唉，这孩子……"这一声叹，暴露了当代医学的爱莫能助。他们没有别的办法帮助我，只能让我住得好一点儿，安静些，读读书吧——他们可能是想，说不定书中能有"这孩子"一条路。

可我已经没了读书的兴致。整日躺在床上，听各种脚步从门外走过；希望他们停下来，推门进来，又希望他们千万别停，走过去走他们的路去别来烦我。心里荒荒凉凉地祈祷：上帝如果你不收我回去，就把能走路的腿也给我留下！我确曾在没人的时候双手合十，出声地向神灵许过愿。多年以后才听一位无名的哲人说过：危卧病榻，难有无神论者。如今来想，有神无神并不值得争论，但在命运的混沌之点，人自然会忽略着科学，向虚暝之中寄托一份虔敬的祈盼。正如迄今人类最美好的向往也都没有实际的验证，但那向往并不因此消灭。

主管大夫每天来查房，每天都在我的床前停留得最久："好吧，别急。"按规矩主任每星期查一次房，可是几位主任时常都来看看我："感觉怎么样？嗯，一定别着急。"有那么些天全科的大夫都来看我，八小时以内或以外，单独来或结队来，检查一番各抒主张，然后都对我说："别着急，好吗？千万别急。"从他们谨慎的言谈中我渐渐明白了一件事：我这病要是因为一个肿瘤的捣鬼，把它打出来切下去随便扔到一个垃圾桶里，我就还能直立行走，否则我多半就是把祖先数百万年进化而来的这一优势给弄丢了。

窗外的小花园里已是桃红柳绿，二十二个春天没有哪一个像这样让人心抖。我已经不敢去羡慕那些在花丛树行间漫步的健康人和在小路上打羽毛球的年轻人。我记得我久久地看过一个身着病服的老人，在草地上踱着方步晒太阳；只要这样我想只要这样！只要能这样就行了就够了！我回忆脚踩在软软的草地上是什么感觉？想走到哪儿就走到哪儿是什么感觉？踢一颗路边的石子，踢着它走是什么感觉？没这样回忆过的人不会相信，那竟是回忆不出来的！老人走后我仍呆望着那块草地，阳光在那儿慢慢地淡薄，脱离，凝作一缕孤哀凄寂的红光一步步爬上墙，爬上楼顶……我写下一句歪诗：轻拨小窗看春色，漏入人间一斜阳。日后我摇着轮椅特意去看过那块草地，并从那儿张望7号窗口，猜想那玻璃后面现在住的谁？上帝打算为他挑选什么前程？当然，上帝用不着征求他的意见。

我乞求上帝不过是在和我开着一个临时的玩笑——在我的脊椎里装进了一个良性的瘤子。对对，它可以长在椎管内，但必须要长在软膜外，那样才能把它剥离而不损坏那条珍贵的脊髓。"对不对，大夫？""谁告诉你的？""对不对吧？"大夫说："不过，看来不太像肿瘤。"我用目光在所有的地方写下"上帝保佑"，我想，或许把这四个字写到千遍万遍就会赢得上帝的怜悯，让它是个瘤子，一个善意的瘤子。要么干脆是个恶毒的瘤子，能要命的那一种，那也行。总归得是瘤子，上帝！

朋友送了我一包莲子，无聊时我捡几颗泡在瓶子里，想，赌不赌一个愿？——要是它们能发芽，我的病就不过是个瘤子。但我战战兢兢地一直没敢赌。谁料几天后莲子竟都发芽。我想好吧我赌！我想其实我压根儿是倾向于赌的。我想倾向于赌事实上就等于是赌了。我想现在我还敢赌——它们一定能长出叶子！（这是明摆着的。）我每天给它们换水，早晨把它们移到窗台西边，下午再把它们挪到东边，让它们总在阳光里；为此我抓住床栏走，扶住窗台走，几米路我走得大汗淋漓。这事我不说，没人知道。不久，它们长出一片片圆圆的叶子来。"圆"，又是好兆。我更加周到地伺候它们，坐回到床上气喘吁吁地望着它们，夜里醒来在月光中也看看它们：好了，我要转运了。并且忽然注意到"莲"与"怜"谐音，毕恭毕敬地想：上帝终于要对我发发慈悲了吧？这些事我不说没人知道。叶子长出了瓶口，闲人要去摸，我不让，他们硬是摸了呢，我便在心里加倍地祈祷几回。这些事我不说，现在也没人知道。然而科学胜利了，它三番五次地说那儿没有瘤子，没有没有。果然，上帝直接在那条娇嫩的脊髓上做了手脚！定案之日，我像个冤判的屈鬼那样疯狂地作乱，挣扎着站起来，心想干吗不能跑一回给那个没良心的上帝瞧瞧？后果很简单，如果你没摔死你必会明白：确实，你干不过上帝。

我终日躺在床上一言不发，心里先是完全的空白，随后由着一个死字去填满。王主任来了。（那个老太太，我永远忘不了她。还有张护士长。八年以后和十七年以后，我两次真的病到了死神门口，全靠这两位老太太又把我抢下来。）我面向墙躺着，王主任坐在我身后许久不说什么，然后说了，话并不多，大意是：还是看看书吧，你不是爱看书吗？人活一天就不要白活。将来你工作了，忙得一点儿时间都没有，你会后悔这段时光就让它这么白白地过去了。这些话当然并不能打消我的死念，但这些话我将受用终生，在以后的若干年里我频繁地对死神抱有过热情，但在未死之前我一直记得王主任这些话，因而还是去做些事。使我没有去死的原因很多（我在另外的文章里写过），"人活一天就不要白活"亦为其一，慢慢地去做些事于是慢慢地有了活的兴致和价值感。有一年我去医院看她，把我写的书送给她，她已是满头白发了，退休了，但照常在医院里从早忙到晚。我看着她想，这老太太当年必是心里有数，知道我还不至于去死，所以她单给我指一条活着的路。可是我不知道当年我搬离 7 号后，是谁最先在那儿发现过一团电线？并对此做过什么推想？那是个秘密，现在也不必说。假定我那时真的去死了呢？我想找一天去问问王主任。我想，她可能会说"真要去死那谁也管不了"；可能会说"要是你找不到活着的价值，迟早还是想死"；可能会说"想一想死倒也不是坏事，想明白了倒活得更自由"；可能会说"不，我看得出来，你那时离死神还远着呢，因为你有那么多好朋友"。

友谊医院——这名字叫得好。"同仁""协和""博爱""济慈",这样的名字也不错,但或稍嫌冷静,或略显张扬,都不如"友谊"听着那么平易、亲近。也许是我的偏见。二十一岁末尾,双腿彻底背叛了我,我没死,全靠着友谊。还在乡下插队的同学不断写信来。软硬兼施劝骂并举,以期激起我活下去的勇气;已转回北京的同学每逢探视日必来看我,甚至非探视日他们也能进来。"怎进来的你们?""咳,闭上一只眼睛想一会儿就进来了。"这群插过队的,当年可以凭一张站台票走南闯北,甭担心还有他们走不通的路。那时我搬到了加号。加号原来不是病房,里面有个小楼梯间,楼梯间弃置不用了,余下的地方仅够放一张床,虽然窄小得像一节烟筒,但毕竟是单间,光景固不可比十级,却又非十一级可比。这又是大夫护士们的一番苦心,见我的朋友太多,都是少男少女难免说笑得不管不顾,既不能影响了别人又不可剥夺了我的快乐,于是给了我十点五级的待遇。加号的窗口朝向大街,我的床紧挨着窗,在那儿我度过了二十一岁中最惬意的时光。每天上午我就坐在窗前清清静静地读书,很多名著我都是在那时读到的,也开始像模像样地学着外语。一过中午,我便直着眼睛朝大街上眺望，尤其注目骑车的年轻人和 5 路汽车的车站，盼着朋友们来。有那么一阵子我暂时忽略了死神。朋友们来了，带书来，带外面的消息来，带安慰和欢乐来，带新朋友来，新朋友又带新的朋友来，然后都成了老朋友。以后的多少年里，友谊一直就这样在我身边扩展，在我心里深厚。把加号的门关紧，我们自由地嬉笑怒骂，毫无顾忌地议论世界上所有的事，高兴了还可以轻声地唱点儿什么——陕北民歌，或插队知青自己的歌。晚上朋友们走了，在小台灯幽寂而又喧嚣的光线里，我开始想写点儿什么，那便是我创作欲望最初的萌生。我一时忘记了死，还因为什么？还因为爱情的影子在隐约地晃动。那影子将长久地在我心里晃动，给未来的日子带来幸福也带来痛苦，尤其带来激情，把一个绝望的生命引领出死谷；无论是幸福还是痛苦，都会成为永远的珍藏和神圣的纪念。

二十一岁、二十九岁、三十八岁，我三进三出友谊医院，我没死，全靠了友谊。后两次不是我想去勾结死神，而是死神对我有了兴趣；我高烧到四十多度，朋友们把我抬到友谊医院，内科说没有护理截瘫病人的经验，柏大夫就去找来王主任，找来张护士长，于是我又住进神内病房。尤其是二十九岁那次，高烧不退，整天昏睡、呕吐，差不多三个月不敢闻饭味，光用血管去喝葡萄糖，血压也不安定，先是低压升到一百二接着高压又降到六十，大夫们一度担心我活不过那年冬天了——肾，好像是接近完蛋的模样，治疗手段又像是接近于无了。我的同学找柏大夫商量，他们又一起去找唐大夫；要不要把这事告诉我父亲？他们决定：不。告诉他，他还不是白着急？然后他们分了工：死的事由我那同学和柏大夫管，等我死了由他们去向我父亲解释；活着的我由唐大夫多多关照。唐大夫说："好，我可以以教学的理由留他在这儿，他活一天就还要想一天办法。"当然，这些事都是我后来听说的。真是人不当死鬼神奈何其不得，冬天一过我又活了，看样子极可能活到下一个世纪去。唐大夫就是当年把我接进10号的那个大夫，就是那个步履轻盈温文尔雅的女大夫，但八年过去她已是两鬓如霜了。又过了九年，我第三次住院时唐大夫已经不在。听说我又来了，科里的老大夫、老护士们都来看我，问候我，夸我的小说写得还不错，跟我叙叙家常，唯唐大夫不能来了。我知道她不能来了，她不在了。我曾摇着轮椅去给她送过一个小花圈，大家都说："她是累死的，她肯定是累死的！"我永远记得她把我迎进病房的那个中午，她贴近我的耳边轻轻柔柔地问："午饭吃了没？"倏忽之间，怎么，她已经不在了？她不过才五十岁出头。这事真让人哑口无言，总觉得不大说得通，肯定是谁把逻辑摆弄错了。

但愿柏大夫这一代的命运会好些。实际只是当着众多病人时我才叫她柏大夫。平时我叫她"小柏"她叫我"小史"。她开玩笑时自称是我的"私人保健医"，不过这不像玩笑这很近实情。近两年我叫她"老柏"她叫我"老史"了。十九年前的深秋，病房里新来个卫生员，梳着短辫儿，戴一条长围巾穿一双黑灯芯绒鞋，虽是一口地道的北京城里话，却满身满脸的乡土气尚未退尽。"你也是插队的？"我问她。"你也是？"听得出来，她早已知道了。"你哪届？""老初二。你呢？""我六八，老初一。你哪儿？""陕北。你哪儿？""我内蒙。"这就行了，全明白了，这样的招呼是我们这代人的专利，这样的问答立刻把我们拉近。我料定，几十年后这样的对话仍会在一些白发苍苍的人中间流行，仍是他们之间最亲切的问候和最有效的沟通方式；后世的语言学者会煞费苦心地对此做一番考证，正儿八经地写一篇论文去得一个学位。而我们这代人是怎样得一个学位的呢？十四五岁停学，十七八岁下乡，若干年后回城，得一个最被轻视的工作，但在农村待过了还有什么工作不能干的呢，同时学心不死业余苦读，好不容易上了个大学，毕业之后又被轻视——因为真不巧你是个"工农兵学员"，你又得设法摘掉这个帽子，考试考试考试这代人可真没少考试，然后用你加倍的努力让老的少的都服气，用你的实际水平和能力让人们相信你配得上那个学位——比如说，这就是我们这代人得一个学位的典型途径。这还不是最坎坷的途径。"小柏"变成"老柏"，那个卫生员成为柏大夫，大致就是这么个途径，我知道，因为我们已是多年的朋友。她的丈夫大体上也是这么走过来的，我们都是朋友了；连她的儿子也叫我"老史"。闲下来细细去品，这个"老史"最令人羡慕的地方，便是一向活在友谊中。真说不定，这与我二十一岁那年恰恰住进了"友谊"医院有关。

因此偶尔有人说我是活在世外桃源，语气中不免流露了一点儿讥讽，仿佛这全是出于我的自娱甚至自欺。我颇不以为然。我既非活在世外桃源，也从不相信有什么世外桃源。但我相信世间桃源，世间确有此源，如果没有恐怕谁也就不想再活；倘此源有时弱小下去，依我看，至少讥讽并不能使其强大。千万年来它作为现实，更作为信念，这才不断。它源于心中再流入心中，它施于心又由于心，这才不断。欲其强大，舍心之虔诚又向何求呢？

也有人说我是不是一直活在童话里？语气中既有赞许又有告诫。赞许并且告诫，这很让我信服。赞许既在，告诫并不意指人们之间应该加固一条防线，而只是提醒我：童话的缺憾不在于它太美，而在于它必要走进一个更为纷繁而且严酷的世界，那时只怕它太娇嫩。

事实上在二十一岁那年，上帝已经这样提醒我了，他早已把他的超级童话和永恒的谜语向我略露端倪。

住在4号时，我见过一个男孩。他那年七岁，家住偏僻的山村，有一天传说公路要修到他家门前了，孩子们都翘首以待好梦联翩。公路终于修到，汽车终于开来，乍见汽车，孩子们惊讶兼着胆怯，远远地看。日子一长孩子便有奇想，发现扒住卡车的尾巴可以威风凛凛地兜风，他们背着父母玩得好快活。可是有一次，只一次，这七岁的男孩失手从车上摔了下来。他住进医院时已经不能跑，四肢肌肉都在萎缩。病房里很寂寞，孩子一瘸一瘸地到处串；淘得过分了，病友们就说他："你说说你是怎么伤的？"孩子立刻低了头，老老实实地一动不动。"说呀？""说，因为什么？"孩子嗫嚅着。"喂，怎么不说呀？给忘啦？""因为扒汽车。"孩子低声说。"因为淘气。"孩子补充道。他在诚心诚意地承认错误。大家都沉默，除了他自己谁都知道：这孩子伤在脊髓上，那样的伤是不可逆的。孩子仍不敢动，规规矩矩地站着用一双正在萎缩的小手擦眼泪。终于会有人先开口，语调变得哀柔："下次还淘不淘了？"孩子很熟悉这样的宽容或原谅，马上使劲摇头："不，不，不了！"同时松一口气了。但这一回不同以往，怎么没有人接着向他允诺"好啦，只要改了就还是好孩子"呢？他睁大眼睛去看每一个大人，那意思是：还不行么？再不淘气了还不行么？他不知道，他还不懂，命运中有一种错误是只能犯一次的，并没有改正的机会，命运中有一种并非是错误的错误（比如淘气，是什么错误呢），但这却是不被原谅的。那孩子小名叫"五蛋"，我记得他，那时他才七岁，他不知道，他还不懂。未来，他势必有一天会知道，可他势必有一天就会懂吗？但无论如何，那一天就是一个童话的结尾。

在所有童话的结尾处，让我们这样理解吧：上帝为锤炼生命，将布设下一个残酷的谜语。

住在6号时，我见过有一对恋人。那时他们正是我现在的年纪，四十岁。他们是大学同学。男的二十四岁时本来就要出国留学，日期已定，行装都备好，可命运无常，不知因为什么屁大的一点儿事不得不拖延一个月，偏就在这一个月里因为一次医疗事故他瘫痪了。女的对他一往情深，等着他，先是等着他病好，没等到；然后还等着他，等着他同意跟她结婚，还是没等到。外界的和内心的阻力重重，一年一年，男的既盼着她来又说服着她走。但一年一年，病也难逃爱也难逃，女的就这么一直等着。有一次她狠了狠心，调离北京到外地去工作了，但是斩断感情却不这么简单，而且再想调回北京也不这么简单，女的只要有三天假期也迢迢千里地往北京跑。男的那时病更重了，全身都不能动了，和我同住一个病室。女的走后，男的对我说过："你要是爱她，你就不能害她，除非你不爱她，可是你又为什么要结婚呢？"男的睡着了，女的对我说过：我知道他这是爱我，可他不明白其实这是害我，我真想一走了事，我试过，不行，我知道我没法不爱他。女的走了男的又对我说过：不不，她还年轻，她还有机会，她得结婚，她这人不能没有爱。男的睡了女的又对我说过：可什么是机会呢？机会不在外面在心里，结婚的机会有可能在外边，可爱情的机会只能在心里。女的不在时，我把她的话告诉男的，男的默然垂泪。我问他："你干吗不能跟她结婚呢？"他说："这你还不懂。"他说："这很难说得清，因为你活在整个这个世界上。"他说："所以，有时候这不是光由两个人就能决定的。"我那时确实还不懂。我找到机会又问女的："为什么不是两个人就能决定的？"她说："不，我不这么认为。"她说："不过确实，有时候这确实很难。"她沉吟良久，说："真的，跟你说你现在也不懂。"十九年过去了，那对恋人现在该已经都是老人。我不知道现在他们各自在哪儿，我只听说他们后来还是分手了。十九年中，我自己也有过爱情的经历了，现在要是有个二十一岁的人问我爱情都是什么？大概我也只能回答：真的，这可能从来就不是能说得清的。无论她是什么，她都很少属于语言，而是全部属于心的。还是那位台湾作家三毛说得对：爱如禅，不能说不能说，一说就错。那也是在一个童话的结尾处，上帝为我们能够永远地追寻着活下去，而设置的一个残酷却诱人的谜语。

二十一岁过去，我被朋友们抬着出了医院，这是我走进医院时怎么也没料到的。我没有死，也再不能走，对未来怀着希望也怀着恐惧。在以后的年月里，还将有很多我料想不到的事发生，我仍旧有时候默念着"上帝保佑"而陷入茫然。但是有一天我认识了神，他有一个更为具体的名字——精神。在科学的迷茫之处，在命运的混沌之点，人唯有乞灵于自己的精神。不管我们信仰什么，都是我们自己的精神的描述和引导。

1991 年

我 的 梦 想

　　也许是因为人缺了什么就更喜欢什么吧，我的两条腿一动不能动，却是个体育迷。我不光喜欢看足球、篮球以及各种球类比赛，也喜欢看田径、游泳、拳击、滑冰、滑雪、自行车和汽车比赛，总之我是个全能体育迷。当然都是从电视里看，体育场馆门前都有很高的台阶，我上不去。如果这一天电视里有精彩的体育节目，好了，我早晨一睁眼就觉得像过节一般，一天当中无论干什么心里都想着它，一分一秒都过得愉快。有时我也怕很多重大比赛集中在一天或几天（譬如刚刚闭幕的奥运会），那样我会把其他要紧的事都耽误掉。

　　其实我是第二喜欢足球，第三喜欢文学，第一喜欢田径。我能说出所有田径项目的世界纪录是多少，是由谁保持的，保持的时间长还是短。譬如说男子跳远纪录是由比蒙保持的，二十年了还没有人能破；不过这事不大公平，比蒙是在地处高原的墨西哥城跳出这八米九〇的，而刘易斯在平原跳出的八米七二事实上比前者还要伟大，但却不能算世界纪录。这些纪录是我顺便记住的，田径运动的魅力不在于纪录，人反正是干不过上帝；但人的力量、意志和优美却能从那奔跑与跳跃中得以充分展现，这才是它的魅力所在。它比任何舞蹈都好看，任何舞蹈跟它比起来都显得矫揉造作甚至故弄玄虚。也许是我见过的舞蹈太少了。而你看刘易斯或者摩西跑起来，你会觉得他们是从人的原始中跑来，跑向无休止的人的未来，全身如风似水般滚动的肌肤就是最自然的舞蹈和最自由的歌。

我最喜欢并且羡慕的人就是刘易斯。他身高一米八八，肩宽腿长，像一头黑色的猎豹，随便一跑就是十秒以内，随便一跳就在八米开外，而且在最重要的比赛中他的动作也是那么舒展、轻捷、富于韵律；绝不像流行歌星们的唱歌，唱到最后总让人怀疑这到底是要干什么。不怕读者诸君笑话，我常暗自祈祷上苍，假若人真能有来世，我不要求别的，只要求有刘易斯那样一副身体就好。我还设想，那时的人又会普遍比现在高了，因此我至少要有一米九以上的身材；那时的百米速度也会普遍比现在快，所以我不能只跑九秒九几。作小说的人多是白日梦患者。好在这白日梦并不令我沮丧，我是因为现实的这个史铁生太令人沮丧，才想出这法子来给他宽慰与向往。我对刘易斯的喜爱和崇拜与日俱增。相信他是世界上最幸福的人。我想若是有什么办法能使我变成他，我肯定不惜一切代价；如果我来世能有那样一个健美的躯体，今生这一身残病的折磨也就得了足够的报偿。

奥运会上，约翰逊战胜刘易斯的那个中午我难过极了，心里别别扭扭别别扭扭的一直到晚上，夜里也没睡好觉。眼前老翻腾着中午的场面：所有的人都在向约翰逊欢呼，所有的旗帜和鲜花都向约翰逊挥舞，浪潮般的记者们簇拥着约翰逊走出比赛场，而刘易斯被冷落在一旁。刘易斯当时那茫然若失的目光就像个可怜的孩子，让我一阵阵心疼。一连几天我都闷闷不乐，总想着刘易斯此刻会怎样痛苦，不愿意再看电视里重播那个中午的比赛，不愿意听别人谈论这件事，甚至替刘易斯嫉妒着约翰逊，在心里找很多理由向自己说明还是刘易斯最棒；自然这全无济于事，我竟然比刘易斯还败得惨，还迷失得深重。这岂不是怪事么？在外人看来这岂不是发精神病么？我慢慢去想其中的原因。是因为一个美的偶像被打碎了么？如果仅仅是这样，我完全可以惋惜一阵再去树立起约翰逊嘛，约翰逊的雄姿并不比刘易斯逊色。是因为我这人太恋旧骨子里太保守吗？可是我非常明白，后来者居上是最应该庆祝的事。或者是刘易斯没跑好让我遗憾？可是九秒九二是他最好的成绩。到底为什么呢？最后我知道了：我看见了所谓"最幸福的人"的不幸，刘易斯那茫然的目光使我的"最幸福"的定义动摇了继而粉碎了。上帝从来不对任何人施舍"最幸福"这三个字，他在所有人的欲望前面设下永恒的距离，公平地给每一个人以局限。如果不能在超越自我局限的无尽路途上去理解幸福，那么史铁生的不能跑与刘易斯的不能跑得更快就完全等同，都是沮丧与痛苦的根源。假若刘易斯不能懂得这些事，我相信，在前述那个中午，他一定是世界上最不幸的人。

在百米决赛后的第二天，刘易斯在跳远决赛中跳出了八米七二，他是个好样的。看来他懂，他知道奥林匹斯山上的神火为何而燃烧，那不是为了一个人把另一个人战败，而是为了有机会向诸神炫耀人类的不屈，命定的局限尽可永在，不屈的挑战却不可须臾或缺。我不敢说刘易斯就是这样，但我希望刘易斯是这样，我一往情深地喜爱并崇拜这样一个刘易斯。

这样，我的白日梦就需要重新设计一番了。至少我不再愿意用我领悟到的这一切，仅仅去换一个健美的躯体，去换一米九以上的身高和九秒七九乃至九秒六九的速度，原因很简单，我不想在来世的某一个中午成为最不幸的人；即使人可以跑出九秒五九，也仍然意味着局限。我希望既有一个健美的躯体又有一个了悟了人生意义的灵魂，我希望二者兼得。但是，前者可以祈望上帝的恩赐，后者却必须在千难万苦中靠自己去获取——我的白日梦到底该怎样设计呢？千万不要说，倘若二者不可兼得你要哪一个？不要这样说，因为人活着必要有一个最美的梦想。

后来得知，约翰逊跑出了九秒七九是因为服用了兴奋剂。对此我们该说什么呢？我在报纸上见了这样一条消息：他的牙买加故乡的人们说："约翰逊什么时候愿意回来，我们都会欢迎他，不管他做错了什么事，他都是牙买加的儿子。"

这几句话让我感动至深。难道我们不该对灵魂有了残疾的人，比对肢体有了残疾的人，给予更多的同情和爱吗？

1988 年

轻轻地走与轻轻地来

现在我常有这样的感觉：死神就坐在门外的过道里，坐在幽暗处，凡人看不到的地方，一夜一夜耐心地等我。不知什么时候它就会站起来，对我说：嘿，走吧。我想那必是不由分说。但不管是什么时候，我想我大概仍会觉得有些仓促，但不会犹豫，不会拖延。

"轻轻地我走了，正如我轻轻地来"——我说过，徐志摩这句诗未必牵涉生死，但在我看，却是对生死最恰当的态度，作为墓志铭真是再好也没有。

死，从来不是一次性完成的。陈村有一回对我说：人是一点一点死去的，先是这儿，再是那儿，一步一步终于完成。他说得很平静，我漫不经心地附和，我们都已经活得不那么在意死了。

这就是说，我正在轻轻地走，灵魂正在离开这个残损不堪的躯壳，一步步告别着这个世界。这样的时候，不知别人会怎样想，我则尤其想起轻轻地来的神秘。比如想起清晨、晌午和傍晚变幻的阳光，想起一方蓝天，一个安静的小院，一团扑面而来的柔和的风，风中仿佛从来就有母亲和奶奶轻声的呼唤……不知道别人是否也会像我一样，由衷地惊讶：往日呢？往日的一切都到哪儿去了？

生命的开端最是玄妙，完全的无中生有。好没影儿的忽然你就进入了一种情况，一种情况引出另一种情况，顺理成章天衣无缝，一来二去便连接出一个现实世界。真的很像电影，虚无的银幕上，比如说忽然就有了一个蹲在草丛里玩耍的孩子，太阳照耀他，照耀着远山、近树和草丛中的一条小路。然后孩子玩腻了，沿小路蹒跚地往回走，于是又引出小路尽头的一座房子，门前正在张望他的母亲，埋头于烟斗或报纸的父亲，引出一个家，随后引出一个世界。孩子只是跟随这一系列情况走，有些一闪即逝，有些便成为不可更改的历史，以及不可更改的历史的原因。这样，终于有一天孩子会想起开端的玄妙：无缘无故，正如先哲所言——人是被抛到这个世界上来的。

其实，说"好没影儿的忽然你就进入了一种情况"和"人是被抛到这个世界上来的"，这两句话都有毛病，在"进入情况"之前并没有你，在"被抛到这世界上来"之前也无所谓人。——不过这应该是哲学家的题目。

对我而言，开端，是北京的一个普通四合院。我站在炕上，扶着窗台，透过玻璃看它。屋里有些昏暗，窗外阳光明媚。近处是一排绿油油的榆树矮墙，越过榆树矮墙远处有两棵大枣树，枣树枯黑的枝条镶嵌进蓝天，枣树下是四周静静的窗廊。——与世界最初的相见就是这样，简单，但印象深刻。复杂的世界尚在远方，或者，它就蹲在那安恬的时间四周窃笑，看一个幼稚的生命慢慢睁开眼睛，萌生着欲望。

奶奶和母亲都说过：你就出生在那儿。

其实是出生在离那儿不远的一家医院。生我的时候天降大雪。一天一宿罕见的大雪，路都埋了，奶奶抱着为我准备的铺盖蹚着雪走到医院，走到产房的窗檐下，在那

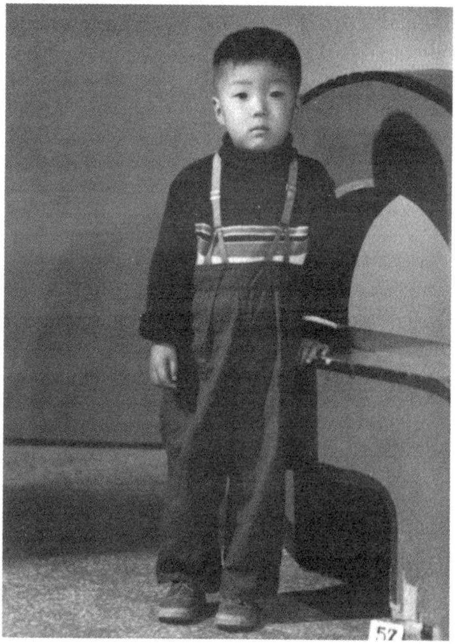

对我而言，开端，是北京的一
个普通四合院。

儿站了半宿，天快亮时才听见我轻轻地来了。母亲稍后才看见我来了。奶奶说，母亲为生了那么个丑东西伤心了好久，那时候母亲年轻又漂亮。这件事母亲后来闭口不谈，只说我来的时候"一层黑皮包着骨头"，她这样说的时候已经流露着欣慰，看我渐渐长得像回事了。但这一切都是真的吗？

我蹒跚地走出屋门，走进院子，一个真实的世界才开始提供凭证。太阳晒热的花草的气味，太阳晒热的砖石的气味，阳光在风中舞蹈、流动。青砖铺成的十字甬道连接起四面的房屋，把院子隔成四块均等的土地，两块上面各有一棵枣树，另两块种满了西番莲。西番莲顾自开着硕大的花朵，蜜蜂在层叠的花瓣中间钻进钻出，嗡嗡地开采。蝴蝶悠闲飘逸，飞来飞去，悄无声息仿佛幻影。枣树下落满移动的树影，落满细碎的枣花。青黄的枣花像一层粉，覆盖着地上的青苔，很滑，踩上去要小心。天上，或者是云彩里，有些声音，有些缥缈不知所在的声音——风声？铃声？还是歌声？说不清，很久我都不知道那到底是什么声音，但我一走到那块蓝天下面就听见了他，甚至在襁褓中就已经听见他了。那声音清朗，欢欣，悠悠扬扬，不紧不慢，仿佛是生命固有的召唤，执意要你去注意他，去寻找他、看望他，甚或去投奔他。

我迈过高高的门槛，艰难地走出院门，眼前是一条安静的小街，细长、规整，两三个陌生的身影走过，走向东边的朝阳，走进西边的落日。东边和西边都不知通向哪里，都不知连接着什么，唯那美妙的声音不惊不懈，如风如流……

我永远都看见那条小街，看见一个孩子站在门前的台阶上眺望。朝阳或是落日弄花了他的眼睛，浮起一群黑色的斑点，他闭上眼睛，有点儿怕，不知所措，很久，再睁开眼睛，啊好了，世界又是一片光明……有两个黑衣的僧人在沿街的房檐下悄然走过……几只蜻蜓平稳地盘桓，翅膀上闪动着光芒……鸽哨声时隐时现，平缓，悠长，渐渐地近了，扑噜噜飞过头顶，又渐渐远了，在天边像一团飞舞的纸屑……这是件奇怪的事，我既看见我的眺望，又看见我在眺望。

那些情景如今都到哪儿去了？那时刻，那孩子，那样的心情，惊奇和痴迷的目光，一切往日情景，都到哪儿去了？它们飘进了宇宙，是呀，飘去五十年了。但这是不是说，它们只不过飘离了此时此地，其实它们依然存在？

梦是什么？回忆，是怎么一回事？

倘若在五十光年之外有一架倍数足够大的望远镜，有一个观察点，料必那些情景便依然如故，那条小街，小街上空的鸽群，两个无名的僧人，蜻蜓翅膀上的闪光和那个痴迷的孩子，还有天空中美妙的声音，便一如既往。如果那望远镜以光的速度继续跟随，那个孩子便永远都站在那条小街上，痴迷地眺望。要是那望远镜停下来，停在五十光年之外的某个地方，我的一生就会依次重现，五十年的历史便将从头上演。

真是神奇。很可能，生和死都不过取决于观察，取决于观察的远与近。比如，当一颗距离我们数十万光年的星星实际早已熄灭，它却正在我们的视野里度着它的青年时光。

时间限制了我们，习惯限制了我们，谣言般的舆论让我们陷于实际，让我们在白昼的魔法中闭目塞听不敢妄为。白昼是一种魔法，一种符咒，让僵死的规则畅行无阻，让实际消磨掉神奇。所有的人都在白昼的魔法之下扮演着紧张、呆板的角色，一切言谈举止，一切思绪与梦想，都仿佛被预设的程序所圈定。

因而我盼望夜晚，盼望黑夜，盼望寂静中自由的到来。

甚至盼望站到死中，去看生。

我的躯体早已被固定在床上，固定在轮椅中，但我的心魂常在黑夜出行，脱离开残废的躯壳，脱离白昼的魔法，脱离实际，在尘嚣稍息的夜的世界里游逛，听所有的梦者诉说，看所有放弃了尘世角色的游魂在夜的天空和旷野中揭开另一种戏剧。风，四处游走，串联起夜的消息，从沉睡的窗口到沉睡的窗口，去探望被白昼忽略了的心情。另一种世界，蓬蓬勃勃，夜的声音无比辽阔。是呀，那才是写作啊。至于文学，我说过我跟它好像不大沾边儿，我一心向往的只是这自由的夜行，去到一切心魂的由衷的所在。

合 欢 树

　　十岁那年，我在一次作文比赛中得了第一。母亲那时候还年轻，急着跟我说她自己，说她小时候的作文作得还要好，老师甚至不相信那么好的文章会是她写的。"老师找到家来问，是不是家里的大人帮了忙。我那时可能还不到十岁呢。"我听得扫兴，故意笑："可能？什么叫可能还不到？"她就解释。我装作根本不再注意她的话，对着墙打乒乓球，把她气得够呛。不过我承认她聪明，承认她是世界上长得最好看的女的。她正给自己做一条蓝地白花的裙子。

　　二十岁，我的两条腿残废了。除去给人家画彩蛋，我想我还应该再干点儿别的事，先后改变了几次主意，最后想学写作。母亲那时已不年轻，为了我的腿，她头上开始有了白发。医院已经明确表示，我的病目前没办法治。母亲的全副心思却还放在给我治病上，到处找大夫，打听偏方，花很多钱。她倒总能找来些稀奇古怪的药，让我吃，让我喝，或者是洗、敷、熏、灸。"别浪费时间啦！根本没用！"我说。我一心只想着写小说，仿佛那东西能把残疾人救出困境。"再试一回，不试你怎么知道有用没用？"她说每一回都虔诚地抱着希望。然而对我的腿，有多少回希望就有多少回失望。最后一回，我的胯上被熏成烫伤。医院的大夫说，这实在太悬了，对于瘫痪病人，这差不多是要命的事。我倒没太害怕，心想死了也好，死了倒痛快。母亲惊惶了几个月，昼夜守着我，一换药就说："怎么会烫了呢？我还直留神呀？"幸亏伤口好起来，不然她非疯了不可。

后来她发现我在写小说。她跟我说："那就好好写吧。"我听出来，她对治好我的腿也终于绝望。"我年轻的时候也最喜欢文学。"她说。"跟你现在差不多大的时候，我也想过搞写作。"她说。"你小时候的作文不是得过第一？"她提醒我说。我们俩都尽力把我的腿忘掉。她到处去给我借书，顶着雨或冒了雪推我去看电影，像过去给我找大夫、打听偏方那样，抱了希望。

三十岁时，我的第一篇小说发表了，母亲却已不在人世。过了几年，我的另一篇小说又侥幸获奖，母亲已经离开我整整七年。

获奖之后，登门采访的记者就多。大家都好心好意，认为我不容易。但是我只准备了一套话，说来说去就觉得心烦。我摇着车躲出去。坐在小公园安静的树林里，我闭上眼睛，想：上帝为什么早早地召母亲回去呢？很久很久，迷迷糊糊地，我听见回答："她心里太苦了。上帝看她受不住了，就召她回去。"我似乎得到一点儿安慰，睁开眼睛，看见风正从树林里穿过。

我摇车离开那儿，在街上瞎逛，不想回家。

母亲去世后，我们搬了家。我很少再到母亲住过的那个小院儿去。小院儿在一个大院儿的尽里头，我偶尔摇车到大院儿去坐坐，但不愿意去那个小院儿，推说手摇车进去不方便。院儿里的老太太们还都把我当儿孙看，尤其想到我又没了母亲，但都不说，光扯些闲话，怪我不常去。我坐在院子当中，喝东家的茶，吃西家的瓜。有一年，人们终于又提到母亲："到小院儿去看看吧，你妈种的那棵合欢树今年开花了！"我心里一阵抖，还是推说手摇车进出太不易。大伙儿就不再说，忙扯些别的，说起我们原来住的房子里现在住了小两口，女的刚生了个儿子，孩子不哭不闹，光是瞪着眼睛看窗户上的树影儿。

我没料到那棵树还活着。那年，母亲到劳动局去给我找工作，回来时在路边挖了一棵刚出土的"含羞草"，以为是含羞草，种在花盆里长，竟是一棵合欢树。母亲从来喜欢那些东西，但当时心思全在别处。第二年合欢树没有发芽，母亲叹息了一回，还不舍得扔掉，依然让它长在瓦盆里。第三年，合欢树却又长出叶子，而且茂盛了。母亲高兴了很多天，以为那是个好兆头，常去侍弄它，不敢再大意。又过一年，她把合欢树移出盆，栽在窗前的地上，有时念叨，不知道这种树几年才开花。再过一年，我们搬了家，悲痛弄得我们都把那棵小树忘记了。

与其在街上瞎逛，我想，不如就去看看那棵树吧。我也想再看看母亲住过的那间房。我老记着，那儿还有个刚来到世上的孩子，不哭不闹，瞪着眼睛看树影儿。是那棵合欢树的影子吗？小院儿里只有那棵树。

院儿里的老太太们还是那么欢迎我，东屋倒茶，西屋点烟，送到我眼前。大伙儿都不知道我获奖的事，也许知道，但不觉得那很重要；还是都问我的腿，问我是否有了正式工作。这回，想摇车进小院儿真是不能了。家家门前的小厨房都扩大，过道窄到一个人推自行车进出也要侧身。我问起那棵合欢树。大伙儿说，年年都开花，长到房高了。这么说，我再看不见它了。我要是求人背我去看，倒也不是不行。我挺后悔前两年没有自己摇车进去看看。

我摇着车在街上慢慢走，不急着回家。人有时候只想独自静静地待一会儿。悲伤也成享受。

有一天那个孩子长大了，会想起童年的事，会想起那些晃动的树影儿，会想起他自己的妈妈。他会跑去看看那棵树。但他不会知道那棵树是谁种的，是怎么种的。

1985 年

秋天的怀念

　　双腿瘫痪后，我的脾气变得暴怒无常。望着望着天上北归的雁阵，我会突然把面前的玻璃砸碎；听着听着李谷一甜美的歌声，我会猛地把手边的东西摔向四周的墙壁。母亲就悄悄地躲出去，在我看不见的地方偷偷地听着我的动静。当一切恢复沉寂，她又悄悄地进来，眼边红红的，看着我。"听说北海的花儿都开了，我推着你去走走。"她总是这么说。母亲喜欢花，可自从我的腿瘫痪后，她侍弄的那些花都死了。"不，我不去！"我狠命地捶打这两条可恨的腿，喊着："我可活什么劲！"母亲扑过来抓住我的手，忍住哭声说："咱娘儿俩在一块儿，好好儿活，好好儿活……"

　　可我却一直都不知道，她的病已经到了那步田地。后来妹妹告诉我，她常常肝疼得整宿整宿翻来覆去地睡不了觉。

那天我又独自坐在屋里，看着窗外的树叶唰唰啦啦地飘落。母亲进来了，挡在窗前："北海的菊花开了，我推着你去看看吧。"她憔悴的脸上现出央求般的神色。"什么时候？""你要是愿意，就明天？"她说。我的回答已经让她喜出望外了。"好吧，就明天。"我说。她高兴得一会儿坐下，一会儿站起："那就赶紧准备准备。""唉呀，烦不烦？几步路，有什么好准备的！"她也笑了，坐在我身边，絮絮叨叨地说着："看完菊花，咱们就去'仿膳'，你小时候最爱吃那儿的豌豆黄儿。还记得那回我带你去北海吗？你偏说那杨树花是毛毛虫，跑着，一脚踩扁一个……"她忽然不说了。对于"跑"和"踩"一类的字眼儿，她比我还敏感。她又悄悄地出去了。

她出去了，就再也没回来。

邻居们把她抬上车时，她还在大口大口地吐着鲜血。我没想到她已经病成那样。看着三轮车远去，也绝没有想到那竟是永远的诀别。

邻居的小伙子背着我去看她的时候，她正艰难地呼吸着，像她那一生艰难的生活。别人告诉我，她昏迷前的最后一句话是："我那个有病的儿子和我那个还未成年的女儿……"

又是秋天，妹妹推我去北海看了菊花。黄色的花淡雅，白色的花高洁，紫红色的花热烈而深沉，泼泼洒洒，秋风中正开得烂漫。我懂得母亲没有说完的话。妹妹也懂。我俩在一块儿，要好好儿活……

1981 年

老 海 棠 树

如果可能，如果有一块空地，不论窗前屋后，要是能随我的心愿种点儿什么，我就种两棵树。一棵合欢，纪念母亲。一棵海棠，纪念我的奶奶。

奶奶，和一棵老海棠树，在我的记忆里不能分开；好像她们从来就在一起，奶奶一生一世都在那棵老海棠树的影子里张望。

老海棠树近房高的地方，有两条粗壮的枝桠，弯曲如一把躺椅，小时候我常爬上去，一天一天地就在那儿玩。奶奶在树下喊："下来，下来吧，你就这么一天到晚待在上头不下来了？"是的，我在那儿看小人书，用弹弓向四处射击，甚至在那儿写作业，书包挂在房檐上。"饭也在上头吃吗?"对,在上头吃。奶奶把盛好的饭菜举过头顶,我两腿攀紧树桠,一个海底捞月把碗筷接上来。"觉呢,也在上头睡?"没错。四周是花香,是蜂鸣,春风拂面,是沾衣不染的海棠花雨。奶奶站在地上,站在屋前,老海棠树下,望着我;她必是羡慕,猜我在上头是什么感觉,都能看见什么?

但她只是望着我吗?她常独自呆愣,目光渐渐迷茫,渐渐空荒,透过老海棠树浓密的枝叶,不知所望。

春天,老海棠树摇动满树繁花,摇落一地雪似的花瓣。我记得奶奶坐在树下糊纸袋,不时地冲我叨唠:"就不说下来帮帮我?你那小手儿糊得多快!"我在树上东一句西一句地唱歌。奶奶又说:"我求过你吗?这回活儿紧!"我说:"我爸我妈根本就不想让您糊那破玩意儿,是您自己非要这么累!"奶奶于是不再吭声,直起腰,喘口气,这当儿就又呆呆地张望——从粉白的花间,一直到无限的天空。

或者夏天,老海棠树枝繁叶茂,奶奶坐在树下的浓荫里,又不知从哪儿找来了补花的活儿,戴着老花镜,埋头于床单或被罩，一针一线地缝。天色暗下来时她冲我喊："你就不能劳驾去洗洗菜？没见我忙不过来吗？"我跳下树，洗菜，胡乱一洗了事。奶奶生气了："你们上班上学，就是这么糊弄？"奶奶把手里的活儿推开，一边重新洗菜一边说："我就一辈子得给你们做饭？就不能有我自己的工作？"这回是我不再吭声。奶奶洗好菜，重新捡起针线，从老花镜上缘抬起目光，又会有一阵子愣愣地张望。

有年秋天，老海棠树照旧果实累累，落叶纷纷。早晨，天还昏暗，奶奶就起来去扫院子，"刷啦——刷啦——"院子里的人都还在梦中。那时我大些了，正在插队，从陕北回来看她。那时奶奶一个人在北京，爸和妈都去了干校。那时奶奶已经腰弯背驼。"刷啦刷啦"的声音把我惊醒，赶紧跑出去："您歇着吧我来，保证用不了三分钟。"可这回奶奶不要我帮。"咳，你呀！你还不懂吗？我得劳动。"我说："可谁能看得见？"奶奶说："不能那样，人家看不看得见是人家的事，我得自觉。"她扫完了院子又去扫街。"我跟您一块儿扫行不？""不行。"

这样我才明白，曾经她为什么执意要糊纸袋，要补花，不让自己闲着。有爸和妈养活她，她不是为挣钱，她为的是劳动。她的成分随了爷爷算地主。虽然我那个地主爷爷三十几岁就一命归天，是奶奶自己带着三个儿子苦熬过几十年，但人家说什么？人家说："可你还是吃了那么多年的剥削饭！"这话让她无地自容。这话让她独自愁叹。这话让她几十年的苦熬忽然间变成屈辱。她要补偿这罪孽。她要用行动证明。证明什么呢？她想着她未必不能有一天自食其力。奶奶的心思我有点儿懂了：什么时候她才能像爸和妈那样，有一份名正言顺的工作呢？大概这就是她的张望吧，就是那老海棠树下屡屡的迷茫与空荒。不过，这张望或许还要更远大些——她说过：得跟上时代。

所以冬天，所有的冬天，在我的记忆里，几乎每一个冬天的晚上，奶奶都在灯下学习。窗外，风中，老海棠树枯干的枝条敲打着屋檐，摩擦着窗棂。奶奶曾经读一本《扫盲识字课本》，再后是一字一句地念报纸上的头版新闻。在《奶奶的星星》里我写过：她学《国歌》一课时，把"吼声"念成"孔声"。我写过我最不能原谅自己的一件事：奶奶举着一张报纸，小心地凑到我跟前："这一段，你给我说说，到底什么意思？"我看也不看地就回答："您学那玩意儿有用吗？您以为把那些东西看懂，您就真能摘掉什么帽子？"奶奶立刻不语，唯低头盯着那张报纸，半天半天目光都不移动。我的心一下子收紧，但知已无法弥补。"奶奶。""奶奶！""奶奶——"我记得她终于抬起头时，眼里竟全是惭愧，毫无对我的责备。

但在我的印象里，奶奶的目光慢慢地离开那张报纸，离开灯光，离开我，在窗上老海棠树的影子那儿停留一下，继续离开，离开一切声响甚至一切有形，飘进黑夜，飘过星光，飘向无可慰藉的迷茫与空荒……而在我的梦里，我的祈祷中，老海棠树也便随之轰然飘去，跟随着奶奶，陪伴着她，围拢着她；奶奶坐在满树的繁花中，满地的浓荫里，张望复张望，或不断地要我给她说说："这一段到底是什么意思？"——这形象，逐年地定格成我的思念和我永生的痛悔。

消逝的钟声

站在台阶上张望那条小街的时候，我大约两岁多。

我记事早。我记事早的一个标记，是斯大林的死。有一天父亲把一个黑色镜框挂在墙上，奶奶抱着我走近看，说：斯大林死了。镜框中是一个陌生的老头儿，突出的特点是胡子都集中在上唇。在奶奶的涿州口音中，"斯"读三声。我心想，既如此还有什么好说，这个"大林"当然是死的呀？我不断重复奶奶的话，把"斯"读成三声，觉得有趣，觉得别人竟然都没有发现这一点可真是奇怪。多年以后我才知道，那是一九五三年，那年我两岁。

终于有一天奶奶领我走下台阶，走向小街的东端。我一直猜想那儿就是地的尽头，世界将在那儿陷落、消失——因为太阳从那儿爬上来的时候，它的背后好像什么也没有。谁料，那儿更像是一个喧闹的世界的开端。那儿交叉着另一条小街，那街上有酒馆，有杂货铺，有油坊、粮店和小吃摊；因为有小吃摊，那儿成为我多年之中最向往的去处。那儿还有从城外走来的骆驼队。"什么呀，奶奶？""啊，骆驼。""干吗呢，它们？""驮煤。""驮到哪儿去呀？""驮进城里。"驼铃一路叮铃当啷叮铃当啷地响，骆驼的大脚蹚起尘土，昂首挺胸目空一切，七八头骆驼不紧不慢招摇过市，行人和车马都给它让路。我望着骆驼来的方向问："那儿是哪儿？"奶奶说："再往北就出城啦。""出城了是哪儿呀？""是城外。""城外什么样儿？""行了，别问啦！"我很想去看看城外，可奶奶领我朝另一个方向走。我说"不，我想去城外"，我说"奶奶我想去城外看看"，我不走了，蹲在地上不起来。奶奶拉起我往前走，我就哭。"带你去个更好玩儿的地方不好吗？那儿有好些小朋友……"我不听，一路哭。

越走越有些荒疏了，房屋零乱，住户也渐渐稀少。沿一道灰色的砖墙走了好一会儿，进了一个大门。啊，大门里豁然开朗完全是另一番景象：大片大片寂静的树林，碎石小路蜿蜒其间。满地的败叶在风中滚动，踩上去吱吱作响。麻雀和灰喜鹊在林中草地上蹦蹦跳跳，坦然觅食。我止住哭声。我平生第一次看见了教堂，细密如烟的树枝后面，夕阳正染红了它的尖顶。

我跟着奶奶进了一座拱门，穿过长廊，走进一间宽大的房子。那儿有很多孩子，他们坐在高大的桌子后面只能露出脸。他们在唱歌。一个穿长袍的大胡子老头儿弹响风琴，琴声飘荡，满屋子里的阳光好像也随之飞扬起来。奶奶拉着我退出去，退到门口。唱歌的孩子里面有我的堂兄，他看见了我们但不走过来，唯努力地唱歌。那样的琴声和歌声我从未听过，宁静又欢欣，一排排古旧的桌椅、沉暗的墙壁、高阔的屋顶也似都活泼起来，与窗外的晴空和树林连成一气。那一刻的感受我终生难忘，仿佛有一股温柔又强劲的风吹透了我的身体，一下子钻进我的心中。后来奶奶常对别人说："琴声一响，这孩子就傻了似的不哭也不闹了。"我多么羡慕我的堂兄，羡慕所有那些孩子，羡慕那一刻的光线与声音，有形与无形。我呆呆地站着，徒然地睁大眼睛，其实不能听也不能看了，有个懵懂的东西第一次被惊动了——那也许就是灵魂吧。后来的事都记不大清了，好像那个大胡子的老头儿走过来摸了摸我的头，然后光线就暗下去，屋子里的孩子都没有了，再后来我和奶奶又走在那片树林里了，还有我的堂兄。堂兄把一个纸袋撕开，掏出一个彩蛋和几颗糖果，说是幼儿园给的圣诞礼物。

这时候，晚祈的钟声敲响了——唔，就是这声音，就是他！这就是我曾听到过的那种缥缥缈缈响在天空里的声音啊！

"它在哪儿呀，奶奶？"

"什么，你说什么？"

"这声音啊，奶奶，这声音我听见过。"

"钟声吗？啊，就在那钟楼的尖顶下面。"

这时我才知道，我一来到世上就听到的那种声音就是这教堂的钟声，就是从那尖顶下发出的。暮色浓重了，钟楼的尖顶上已经没有了阳光。风过树林，带走了麻雀和灰喜鹊的欢叫。钟声沉稳、悠扬、飘飘荡荡，连接起晚霞与初月，扩展到天的深处，或地的尽头……

不知奶奶那天为什么要带我到那儿去，以及后来为什么再也没去过。

不知何时，天空中的钟声已经停止，并且在这块土地上长久地消逝了。

多年以后我才知道，那教堂和幼儿园在我们去过之后不久便都拆除。我想，奶奶当年带我到那儿去，必是想在那幼儿园也给我报个名，但未如愿。

再次听见那样的钟声是在四十年以后了。那年，我和妻子坐了八九个小时飞机，到了地球另一面，到了一座美丽的城市，一走进那座城市我就听见了他。在清洁的空气里，在透彻的阳光中和涌动的海浪上面，在安静的小街，在那座城市的所有地方，随时都听见他在自由地飘荡。我和妻子在那钟声中慢慢地走，认真地听他，我好像一下子回到了童年，整个世界都好像回到了童年。对于故乡，我忽然有了新的理解：人的故乡，并不止于一块特定的土地，而是一种辽阔无比的心情，不受空间和时间的限制；这心情一经唤起，就是你已经回到了故乡。

故乡的胡同

北京很大，不敢说就是我的故乡。我的故乡很小，仅北京城之一角，方圆大约二里，东和北曾经是城墙现在是二环路。其余的北京和其余的地球我都陌生。

二里方圆，上百条胡同密如罗网，我在其中活到四十岁。编辑约我写写那些胡同，以为简单，答应了，之后发现这岂非是要写我的全部生命？办不到。但我的心神便又走进那些胡同，看它们一条一条怎样延伸怎样连接，怎样枝枝杈杈地漫展，以及怎样曲曲弯弯地隐没。我才醒悟，不是我曾居于其间，是它们构成了我。密如罗网，每一条胡同都是我的一段历史、一种心绪。

四十年前，一个男孩艰难地越过一道大门槛，惊讶着四下张望，对我来说胡同就在那一刻诞生。很长很长的一条土路，两侧一座座院门排向东西，红而且安静的太阳悬挂西端。男孩看太阳，直看得眼前发黑，闭一会儿眼，然后顽固地再看太阳。因为我问过奶奶："妈妈是不是就从那太阳里回来？"

奶奶带我走出那条胡同，可能是在另一年。奶奶带我去看病，走过一条又一条胡同，天上地上都是风、被风吹淡的阳光、被风吹得断续的鸽哨声。那家医院就是我的出生地。打完针，嚎啕之际，奶奶买一串糖葫芦慰劳我，指着医院的一座西洋式小楼说，她就是从那儿听见我来了，我来的那天下着罕见的大雪。

是我不断长大所以胡同不断地漫展呢，还是胡同不断地漫展所以我不断长大？可能是一回事。

有一天母亲领我拐进一条更长更窄的胡同，把我送进一个大门，一眨眼母亲不见了，我正要往门外跑时被一个老太太拉住，她很和蔼但是我哭着使劲挣脱她，屋里跑出来一群孩子，笑闹声把我的哭喊淹没。我头一回离家在外，那一天很长，墙外磨刀人的喇叭声尤其漫漫。这幼儿园就是那老太太办的，都说她信教。

几乎每条胡同都有庙。僧人在胡同里静静地走，回到庙去沉沉地唱，那诵经声总让我看见夏夜的星光。睡梦中我还常常被一种清朗的钟声唤醒，以为是午后阳光落地的震响，多年以后我才找到它的来源。现在俄国使馆的位置，曾是一座东正教堂，我把那钟声和它联系起来时，它已被推倒。那时，寺庙多也消失或改作它用。

我的第一个校园就是往日的寺庙，庙院里松柏森森。那儿有个可怕的孩子，他有一种至今令我惊诧不解的能力，同学们都怕他，他说他第一跟谁好谁就会受宠若惊，说他最后跟谁好谁就会忧心忡忡，说他不跟谁好了谁就像被判离群的鸟儿。因为他，我学会了谄媚和防备，看见了孤独。成年以后，我仍能处处见出他的影子。

十八岁去插队，离开故乡三年。回来双腿残废了，找不到工作，我常独自摇了轮椅一条条再去走那些胡同。它们几乎没变，只是往日都到哪儿去了很费猜解。在一条胡同里我碰见一群老太太，她们用油漆涂抹着美丽的图画，我说我能参加吗？我便在那儿拿到平生第一份工资，我们整日涂抹说笑，对未来抱着过分的希望。

母亲对未来的祈祷，可能比我对未来的希望还要多，她在我们住的院子里种下一棵合欢树。那时我开始写作，开始恋爱，爱情使我的心魂从轮椅里站起来。可是合欢树长大了，母亲却永远离开了我，几年爱过我的那个姑娘也远去他乡，但那时她们已经把我培育得可以让人放心了。然后我的妻子来了，我把珍贵的以往说给她听，她说因此她也爱恋着我的这块故土。

我单不知，像鸟儿那样飞在不高的空中俯瞰那片密如罗网的胡同，会是怎样的景象？飞在空中而且不惊动下面的人类，看一条条胡同的延伸、连接、枝枝杈杈地漫展以及曲曲弯弯地隐没，是否就可以看见了命运的构造？

1994 年

墙下短记

　　一些当时看去不太要紧的事却能长久扎根在记忆里。它们一向都在那儿安睡，偶尔醒一下，睁眼看看，见你忙着（升迁或者遁世）就又睡去，很多年里它们轻得仿佛不在。千百次机缘错过，终于一天又看见它们，看见时光把很多所谓人生大事消磨殆尽，而它们坚定不移固守在那儿，沉沉地有了无比的重量。比如一张旧日的照片，拍时并不经意，随手放在哪儿，多年中甚至不记得有它，可忽然一天整理旧物时碰见了它，拂去尘埃，竟会感到那是你的由来也是你的投奔；而很多郑重其事的留影，却已忘记是在哪儿和为了什么。

　　近些年我常常想起一道墙，碎砖头垒的，风可以吹落砖缝间的细土。那道墙很长，至少在一个少年看来是很长，很长之后拐了弯，拐进一条更窄的小巷里去。小巷的拐角处有一盏街灯，紧挨着往前是一个院门，那里住过我少年时的一个同窗好友。叫他 L 吧。L 和我能不能永远是好友，以及我们打完架后是否又言归于好，都不重要，重要的是我们一度形影不离，流动不居的生命有一段就由这友谊铺筑成。细密的小巷中，上学和放学的路上我们一起走，冬天和夏天，风声或蝉鸣，太阳到星空，十岁也许九岁的 L 曾对我说，他将来要娶班上一个（暂且叫她 M 的）女生做老婆。L 转身问我："你呢，想和谁？"我准备不及，想想，觉得 M 确是漂亮。L 说他还要挣很多钱。"干吗？""废话，那时你还花你爸的钱呀？"少年之间的情谊，想来莫过于我们那时的无猜无防了。

我曾把一件珍爱的东西送给 L。一本连环画呢，还是一个什么玩具，已经记不清。可是有一天我们打了架，为什么打架也记不清了，但丝毫不忘的是：打完架，我又去找 L 要回了那件东西。

老实说，单我一个人是不敢去要的，或者也想不起去要。是几个当时也对 L 不大满意的伙伴指点我、怂恿我，拍着胸脯说他们甘愿随我一同前去讨还，再若犹豫就成了笨蛋兼而傻瓜。就去了。走过那道很长很熟悉的墙，夕阳正在上面灿烂地照耀，但在我的记忆里，走到L家的院门时，巷角的街灯已经昏黄地亮了。这只可理解为记忆的作怪。

站在那门前，我有点儿害怕，身旁的伙伴便极尽动员和鼓励，提醒我：倘调头撤退，其卑鄙甚至超过投降。我不能推卸罪责给别人：跟L打架后，我为什么要把送给L东西的事告诉别人呢？指点和怂恿都因此发生。我走进院中去喊L，L出来，听我说明来意，愣着看一会儿我，让我到大门外等着。L背着他的母亲，从屋里拿出那件东西交在我手里，不说什么，就又走回屋去。结束总是非常简单，咔嚓一下就都过去。

我和几个同来的伙伴在巷角的街灯下分手，各自回家。他们看看我手上那件东西，好歹说一句"给他干吗"，声调和表情都失去来时的热度，失望甚或沮丧料想都不由于那件东西。

独自贴近墙根我往回走，那墙很长，很长而且荒凉，记忆在这儿又出了差误，好像还是街灯未亮、迎面的行人眉目不清的时候。晚风轻柔得让人无可抱怨，但魂魄仿佛被它吹离，飘起在黄昏中再消失进那道墙里去。捡根树枝，边走边在那墙上轻划，砖缝间的细土一股股地垂流……咔嚓一下所送走的，都扎根进记忆去酿制未来的问题。

那很可能是我对于墙的第一种印象。

随之，另一些墙也从睡中醒来。

几年前，有一天傍晚"散步"，我摇着轮椅走进童年时常于其间玩耍的一片胡同。其实一向都离它们不远，屡屡在其周围走过，匆忙得来不及进去看望。

记得那儿曾有一面红砖短墙，墙头插满锋利的碎玻璃碴儿，我们一群八九岁的孩子总去搅扰墙里那户人家的安宁，攀上一棵小树，扒着墙沿央告人家把我们的足球扔出来。那面墙应该说藏得很是隐蔽，在一条死巷里，但可惜那巷口的宽度很适合做我们的球门。巷口外的一片空地是我们的球场，球难免是要踢向球门的，倘临门一脚踢飞，十之八九便降落到那面墙里去。墙里是一户善良人家，飞来物在我们的央告下最多被扣压十分钟。但有一次，那足球学着篮球的样子准确投入墙内的面锅，待一群孩子又爬上小树去看时，雪白的面条热气腾腾全滚在煤灰里。正是所谓"三年困难时期"，足球事小，我们乘暮色抱头鼠窜。好几天后，我们由家长带领，以封闭"球场"为代价换回了那只足球。

条条小巷依旧，或者是更旧了。可能正是国庆期间，家家门上都插了国旗。变化不多，唯独那"球场"早被压在一家饭馆和一座公厕下面。"球门"对着饭馆的后墙，那户善良人家料必是安全得多了。

我摇着轮椅走街串巷，闲度国庆之夜。忽然又一面青灰色的墙叫我怦然心动，我知道，再往前去就是我的幼儿园了。青灰色的墙很高，里面有更高的树。树顶上曾有鸟窝，现在没了。到幼儿园去必要经过这墙下，一俟见了这面高墙，退步回家的希望即告断灭。那青灰色几近一种严酷的信号，令童年分泌恐怖。

这样的"条件反射"确立于一个盛夏的午后，所以记得清楚，是因为那时的蝉鸣最为浩大。那个下午母亲要出长差，到很远的地方去。我最高的希望是她不去出差，最低的希望是我可以不去幼儿园，在家，不离开奶奶。但两份提案均遭否决，据哭力争亦不奏效。如今想来，母亲是要在远行之前给我立下严明的纪律。哭声不停，母亲无奈说带我出去走走。"不去幼儿园！"出门时我再次申明立场。母亲领我在街上走，沿途买些好吃的东西给我，形势虽然可疑，但看看走了这么久又不像是去幼儿园的路，牵着母亲的长裙心里略略地松坦。可是！好吃的东西刚在嘴里有了味道，迎头又来了那面青灰色高墙，才知道条条小路相通。虽立刻大哭，料已无济于事。但一迈进幼儿园的门槛，哭喊即自行停止，心里明白没了依靠，唯规规矩矩做个好孩子是得救的方略。幼儿园墙内，是必度的一种"灾难"，抑或只因为这一个孩子天生地怯懦和多愁。

三年前我搬了家，隔窗相望就是一所幼儿园，常在清晨的懒睡中就听见孩子进园前的嘶嚎。我特意去那园门前看过，抗拒进园的孩子其壮烈都像宁死不屈，但一落入园墙便立刻吞下哭声，恐惧变成冤屈，泪眼望天，抱紧着对晚霞的期待。不见得有谁比我更能理解他们，但早早地对墙有一点儿感受，不是坏事。

我最记得母亲消失在那面青灰色高墙里的情景。她当然是绕过那面墙走上了远途的，但在我的印象里，她是走进那面墙里去了。没有门，但是母亲走进去了，在那些高高的树上蝉鸣浩大，在那些高高的树下母亲的身影很小，在我的恐惧里那儿即是远方。

坐在窗前，看远近峭壁一般林立的高墙和矮墙。我现在有很多时间看它们。有人的地方一定有墙。我们都在墙里。没有多少事可以放心到光天化日下去做。规规整整的高楼叫人想起图书馆的目录柜，只有上帝可以去拉开每一个小抽屉，查阅亿万种心灵秘史，看见破墙而出的梦想都在墙的封护中徘徊。还有死神按期来到，伸手进去，抓阄儿似的摸走几个。

我们有时千里迢迢——汽车呀、火车呀、飞机可别一头栽下来呀——只像是为了去找一处不见墙的地方：荒原、大海、林莽甚至沙漠。但未必就能逃脱。墙永久地在你心里，构筑恐惧，也牵动思念。一只"飞去来器"，从墙出发，又回到墙。你千里迢迢地去时，鲁宾逊正千里迢迢地回来。

哲学家先说是劳动创造了人，现在又说是语言创造了人。墙是否创造了人呢？语言和墙有着根本的相似：开不尽的门前是撞不尽的墙壁。结构呀、解构呀、后什么什么主义呀……啦啦啦,啦啦啦……游戏的热情永不可少,但我们仍在四壁的围阻中。把所有的墙都拆掉就不行么?我坐在窗前用很多时间去幻想一种魔法。比如"啦啦啦,啦啦啦……"很灵验地念上一段咒语,刷啦一下墙都不见。怎样呢?料必大家一齐慌作一团(就像热油淋在蚁穴),上哪儿的不知道要上哪儿了,干吗的忘记要干吗了,漫山遍野地捕食去和睡觉去么?毕竟又嫌趣味不够,然后大家埋头细想,还是要砌墙。砌墙盖房,不单为避风雨,因为大家都有些秘密,其次当然还有一些钱财。秘密,不信你去慢慢推想,它是趣味的爹娘。

其实秘密就已经是墙了。肚皮和眼皮都是墙,假笑和伪哭都是墙,只因这样的墙嫌软嫌累,要弄些坚实耐久的来加密。就算这心灵之墙可以轻易拆除,但山和水都是墙,天和地都是墙,时间和空间都是墙,命运是无穷的限制,上帝的秘密是不尽的墙。真要把这秘密之墙也都拆除,虽然很像是由来已久的理想接近了实现,但是等着瞧吧,满地球都怕要因为失去趣味而响起昏昏欲睡的鼾声,梦话亦不知从何说起。

趣味是要紧而又要紧的。秘密要好好保存。

探秘的欲望终于要探到意义的墙下。

活得要有意义，这老生常谈倒是任什么主义也不能推翻。加上个"后"字也是白搭。比如爱情，她能被物欲拐走一时，但不信她能因此绝灭。"什么都没啥了不起"的日子是要到头的，"什么都不必介意"的舞步可能"潇洒"地跳去撞墙。撞墙不死，第二步就是抬头，那时见墙上有字，写着：哥们儿你要上哪儿呢，这到底是要干吗？于是躲也躲不开，意义找上了门，债主的风度。

意义的原因很可能是意义本身。干吗要有意义？干吗要有生命？干吗要有存在？干吗要有有？重量的原因是引力，引力的原因呢？又是重量。学物理的人告诉我：千万别把运动和能量，以及和时空分割开来理解。我随即得了启发：也千万别把人和意义分割开来理解。不是人有欲望，而是人即欲望。这欲望就是能量，是能量就是运动，是运动就走去前面或者未来。前面和未来都是什么和都是为什么？这必来的疑问使意义诞生，上帝便在第六天把人造成。上帝比靡菲斯特更有力量，任何魔法和咒语都不能把这一天的成就删除。在这一天以后所有的光阴里，你逃得开某种意义，但逃不开意义，如同你逃得开一次旅行但逃不开生命之旅。

你不是这种意义，就是那种意义。什么意义都不是，就掉进昆德拉所说的"生命不能承受之轻"。你是一个什么呢？生命算是个什么玩意儿呢？轻得称不出一点儿重量你可就要消失。我向 L 讨回那件东西，归途中的惶茫因年幼而无以名状，如今想来，分明就是为了一个"轻"字：珍宝转眼被处理成垃圾，一段生命轻得飘散了，没有了，以为是什么原来什么也不是，轻易、简单、灰飞烟灭。一段生命之轻，威胁了生命全面之重，惶茫往灵魂里渗透：是不是生命的所有段落都会落此下场啊？人的根本恐惧就在这个"轻"字上，比如歧视和漠视，比如嘲笑，比如穷人手里作废的股票，比如失恋和死亡。轻，最是可怕。

要求意义就是要求生命的重量。各种重量。各种重量在撞墙之时被真正测量。但很多重量，在死神的秤盘上还是轻，秤砣平衡在荒诞的准星上。因而得有一种重量，你愿意为之生也愿意为之死，愿意为之累，愿意在它的引力下耗尽性命。不是强言不悔，是清醒地从命。神圣是上帝对心魂的测量，是心魂被确认的重量。死亡光临时有一个仪式，灰和土都好，看往日轻轻地蒸发，但能听见，有什么东西沉沉地还在。不期还在现实中，只望还在美丽的位置上。我与 L 的情谊，可否还在美丽的位置上沉沉地有着重量？

不要熄灭破墙而出的欲望，否则鼾声又起。

但要接受墙。

为了逃开墙，我曾走到过一面墙下。我家附近有一座荒废的古园，围墙残败但仍坚固，失魂落魄的那些岁月里我摇着轮椅走到它跟前。四处无人，寂静悠久，寂静的我和寂静的墙之间，膨胀和盛开着野花，膨胀和盛开着冤屈。我用拳头打墙，用石头砍它，对着它落泪、喃喃咒骂，但是它轻轻掉落一点儿灰尘再无所动。天不变道亦不变。老柏树千年一日伸展着枝叶，云在天上走，鸟在云里飞，风踏草丛，野草一代一代落子生根。我转而祈求墙，双手合十，创造一种祷词或谶语，出声地诵念，求它给我死，要么还给我能走的腿……睁开眼，伟大的墙还是伟大地矗立，墙下呆坐一个不被神明过问的人。空旷的夕阳走来园中，若是昏昏地睡去，梦里常掉进一眼枯井，井壁又高又滑，喊声在井里嗡嗡碰撞而已，没人能听见，井口上的风中也仍是寂静的冤屈。喊醒了，看看还是活着，喊声并没惊动谁，并不能惊动什么，墙上有青润的和干枯的苔藓，有蜘蛛细巧的网，死在半路的蜗牛身后拖一行鳞片似的脚印，有无名少年在那儿一遍遍记下的 3.1415926……

在这墙下，某个冬夜，我见过一个老人。记忆和印象之间总要闹出一些麻烦：记忆说未必是在这墙下，但印象总是把记忆中的那个老人搬来，真切地在这墙下。雪后，月光朦胧，车轮吱吱叽叽轧着雪路，是园中唯一的声响。这么走着，听见一缕悠沉的箫声远远传来，在老柏树摇落的雪雾中似有似无，尚不能识别那曲调时已觉其悠沉之音恰好碰住我的心绪。侧耳屏息，听出是《苏武牧羊》。曲终，心里正有些凄怆，忽觉墙影里一动，才发现一个老人背壁盘腿端坐在石凳上，黑衣白发，有些玄虚。雪地和月光，安静得也似非凡。竹箫又响，还是那首流放绝地、哀而不死的咏颂。原来箫声并不传自远处，就在那老人唇边。也许是气力不济，也许是这古曲一路至今光阴坎坷，箫声若断若续并不高亢，老人颤颤的吐纳之声亦可悉闻。一曲又尽，老人把箫管轻横腿上，双手摊放膝头，看不清他是否闭目。我惊诧而至感激，一遍遍听那箫声和箫声断处的空寂，以为是天喻或是神来引领。

那夜的箫声和老人，多年在我心上，但猜不透其引领指向何处。仅仅让我活下去似乎用不着这样神秘。直到有一天我又跟那墙说话，才听出那夜箫声是唱着"接受"，接受天命的限制。（达摩的面壁是不是这样呢？）接受残缺。接受苦难。接受墙的存在。哭和喊都是要逃离它，怒和骂都是要逃离它，恭维和跪拜还是想逃离它。我常常去跟那墙谈话，对，说出声，默想不能逃离它时就出声地责问，也出声地请求、商量，所谓软硬兼施。但毫无作用，谈判必至破裂，我的一切条件它都不答应。墙，要你接受它，就这么一个意思反复申明，不卑不亢，直到你听见。直到你不是更多地问它，而是听它更多地问你，那谈话才称得上谈话。

我一直在写作，但一直觉得并不能写成什么，不管是作品还是作家还是主义。用笔和用电脑，都是对墙的谈话，是如衣食住行一样必做的事。搬家搬得终于离那座古园远了，不能随便就去，此前就料到会怎样想念它，不想最为思恋的竟是那四面矗立的围墙；年久无人过问，记得那墙头的残瓦间长大过几棵小树。但不管何时何地，一闭眼，即刻就到那墙下。寂静的墙和寂静的我之间，野花膨胀着花蕾，不尽的路途在不尽的墙间延展，有很多事要慢慢对它谈，随手记下谓之写作。

1994 年 9 月 5 日

记忆迷宫

　　人们越来越多地使用电脑写作了。人们夸奖"386"比"286"好、"486"比"386"更好，那情形很像是在夸奖这个人比那个人更聪明。就像智力比赛，所谓"更聪明"即是说：运算（理解）的速度更快，存储（记忆）的信息更多，以及表达得更准确和联想的范围更宽广。

　　于是有一个可笑的问题提出：用"486"写作，会比用"286"写得更好吗？这个可笑的问题甚至不用回答。但与这个问题同样可笑的逻辑却差不多通行，比如：要是我们写得不及某人，我们首先会怪罪我们的大脑不及某人。

　　如果作品的美妙和作者的智商不成正比，如果我们的文学止步不前而世界上仍在不断涌现出伟大的作家，我们主要应该怪罪什么呢？如果"486"并没有写出比"286"

更有新意更有魅力的作品，大家都明白，是坐在"486"前面敲打键盘的那个人不行。如果一个智商很高的大脑却缺乏创造力，只能不断地临摹前人和复制生活，其原因何在呢？

我看过一位哲学家写的一篇谈"电脑与灵魂"的文章，其中有这样一段话：

> 躯体和灵魂之间的模糊分别通常是理解为躯体与心灵，或者大脑与心灵之间的分别。研究这分别的一个途径是问：大脑是否能够做到心灵所能做的一切……

> 当然，目前更受注目的一个问题是电子计算机（电脑）是否有人……一样的能力……假如电子计算机能做到的跟人一样，则我们也只不过是电子计算机而已；也就是说，我们的存在也并不独特。从这个角度看，我们其实正在问"人是否存在"——一个与传统问题"神是否存在"有同样重要性的问题。

显然，大脑做不到心灵所能做到的一切。心灵比大脑广阔得多，深远得多，复杂得多。甚至所谓无限，我想其实也只是就心灵的浩渺无边而言。我们生存的空间有限，我们经历的时间有限，但我们心灵的维度是无限的。在电脑方兴未艾突飞猛进的时代，我们更容易发现，人的独特之处，究其根本不在于大脑，不在于运算得更快和记忆得更牢，而在于心灵的存在。浩渺无边的心灵，是任何大脑和电脑所无能比拟的。再高超的电脑也是人的造物，再聪明的大脑如果没有心灵隐于其后，也只近似传声筒或复印机。恰恰是心灵的浩渺无边，使人的大脑独具创造力，使文学成为必要，使创作能够永恒，使作家常常陷入迷茫也使作家不断走进惊喜。大脑不能穷尽心灵，因此我们永远为心灵所累不得彻底解脱，也因此，我们的创作才有了永无穷尽的前途。

所以，如果"486"写得不如"286"，我们应该怀疑的是：在"486"前面，"人是否存在"？键盘噼噼啪啪地敲响着，当然不能怀疑一个血肉之躯的存在，也不能怀疑一个正常大脑的存在，但我们有理由怀疑心灵是否存在。就是说，聪明的电脑或者聪明的大脑是否联通了心灵，其运作是否听命于心灵。心灵不在，即是人的不在，一台聪明的电脑或大脑便是人或上帝的一次盲目投资。当然，并不否定聪明的作用，但写作如果仅仅是大脑对大脑的操作，则无论是什么级别的大脑都难免走入文学的穷途。文学的无穷天地，我想可以描述为：大脑对心灵的巡察、搜捕和缉拿归案。聪明对于写作是一件好事，正如侦探的本事高超当然更利于破案，但侦探如果单单乐意走进市场而不屑于巡察心灵，我们就可能只有治安和新闻，而没有文学了。

心灵是什么呢？以及，心灵在哪儿？

我记得有一位哲学家（记不住他的名字）写过一本书（也记不住它的题目），书中问道："我在哪儿？"胳膊是我的，"我"在胳膊里么？但没有了胳膊，却依然故"我"。腿呢？也一样，"我"也不在腿里。那么"我"在心脏或大脑里了？但是把心脏或大脑解剖开来找吧，还是找不到"我"。虽然找不到，但若给心脏或大脑上加一个弹孔，"我"便消失。

"我"，看来是一个结构，心灵是一个结构，死亡即是结构的消散或者改组。

那么，这个结构都包含什么呢？设想把一个人所有不致命的器官都摘除，怎样呢？这个人很可能就像一棵树或者一株草了。健全的生理就能够产生心灵么？那么把一个生理健全的人与世隔绝起来，隔绝得完全彻底，他的心灵还能有什么呢？心灵并不像一个容器，内容没有了容器还可以存在，不，心灵是一个结构，是信息的组织，是与信息共生共灭的。所以，心灵的构成当然不等于生理的构成，心灵的构成正是"天人合一"，主观与客观的共同参与，心灵与这个世界同构。世界是什么？如果世界不能被我们认识穷尽，我们一向所说的世界到底是什么呢？我想，这世界，就重叠在我们的心灵上。虽然我们不能穷尽它，但是它就在那儿，以文学的名义无止无休地诱惑着我们，召唤着我们。

我在写一篇小说的时候，发现了一个悖论：

我是我的印象的一部分
而我的全部印象才是我

我没有用"记忆"，而是用了"印象"。因为往日并不都停留在我的记忆里，但往日的喧嚣与骚动永远都在我的印象中。因为记忆，只是阶段性的僵死记录，而印象是对全部生命变动不居的理解和感悟。记忆只是大脑被动的存储，印象则是心灵仰望神秘时，对记忆的激活、重组和创造。记忆可以丢失，但印象却可使丢失的生命重新显现。一个简单的例证是：我们会忘记一行诗句，但如果我们的心绪走进了那句诗的意境，我们就会丝毫不差地记起它；当然那得是真正的诗句。一个众所周知的例证是：普鲁斯特在吃玛德莱小点心时，一瞬间看遍了自己的一生。如普鲁斯特一样的感受，几乎我们每个人都有过。

但是，印象中的往事是否真实呢？这也许就先要问问：真实是什么？当我们说"真实"的时候，这"真实"可能指的是什么？

我想引用我正在写着的一部小说中的一段话：

当一个人像我这样，坐在桌前，沉入往事，想在变幻不住的历史中寻找真实，要在纷纷纭纭的生命中看出些真实，真实便成为一个严重的问题。真实便随着你的追寻在你的前面破碎、分解、融化、重组……如烟如尘，如幻如梦。

我走在树林里，那两个孩子已经回家。整整那个秋天，整整那个秋天的每个夜晚，我都在那片树林里踽踽独行。一盏和一盏路灯相距很远，一段段明亮与明亮之间是一段段黑暗与黑暗，我的影子时而在明亮中显现，时而在黑暗中隐没。凭空而来的风一浪一浪地掀动斑斓的落叶，如同掀动着生命的印象。我感觉自己就像是这空空的来风，只在脱落下和旋卷起斑斓的落叶之时，才能捕捉到自己的存在。

往事，或者故人，就像那落叶一样，在我生命的秋风里，从黑暗中飘转进明亮，从明亮中逃遁进黑暗。在明亮中的，我看见他们，在黑暗里的我只有想象他们，依靠那些飘转进明亮中的去想象那些逃遁进黑暗里的。我无法看到黑暗里他们的真实，只能看到想象中他们的样子，随着我的想象他们飘转进另一种明亮。这另一种明亮，是不真实的么？当黑暗隐藏了某些落叶，你仍然能够想象它们，因为你的想象可以照亮黑暗可以照亮它们，但想象照亮的它们并不就是黑暗隐藏起的它们，可这是我所能得到的唯一的真实。即使是那些明亮中的，我看着它们，它们的真实又是什么呢？也只是我印象中的真实吧，或者说仅仅是我真实的印象。往事，和故人，也是这样，无论他们飘转进明亮还是逃遁进黑暗，他们都只能在我的印象里成为真实。

真实并不在我的心灵之外，在我的心灵之外并没有一种叫做真实的东西原原本本地待在那儿。真实，有时候是一个传说甚至一个谣言，有时候是一种猜测，有时候是一片梦想，它们在心灵里鬼斧神工地雕铸我的印象。而且，它们在雕铸我的印象时，顺便雕铸了我。否则我的真实又是什么呢，又能是什么呢？这些印象的累积和编织，那便是我了。

所有的小说，也许都可以说是记忆的产物，因为没有记忆便不可能有小说。但这样类推的话，我们也可以说没有乐器便没有音乐，没有刀斧便没有雕塑，没有颜料便没有图画，没有地球便没有人类。如此逻辑不失为真理，但如此真理也不失为废话。有意义的问题是：记忆，在创作者那儿，发生了什么？相关的问题是：为什么会发生？相似的问题是：我们为什么要写作？

记忆，在创作者那儿已经面目全非，已经走进另一种存在。我又要引一段我曾写过的话：

　　我生于一九五一年。但在我，一九五一年却在一九五五年之后发生。一九五五年的某一天，我记得那天日历上的字是绿色的，时间，对我来说就始于这个周末。在此之前一九五一年是一片空白，一九五五年那个周末之后它才传来，渐渐有了意义，才存在。但一九五五年那个周末之后，却不是一九五五年的一个星期天，而是一九五一年冬天的某个凌晨——传说我在那个凌晨出生，我想象那个凌晨，五点五十七分，于是一九五一年的那个凌晨抹杀了一九五五年的一个星期天。那个凌晨，五点五十七分我来到人间（有出生证为证），奶奶说那天下着大雪。但在我，那天却下着一九五六年的雪，我不得不用一九五六年的雪去理解一九五一年的雪，从而一九五一年的冬天有了形象，不再是空白。然后是一九五八年，这年我上了学，这一年我开始理解了一点儿太阳、月亮和星星的关系。而此前的一九五七年呢，则是一九六四年时才给了我突出的印象，那时我才知道一场"反右"运动大致的情况，因而一九五七年下着一九六四年的雨。再之后有了公元前，我知道了并设想着远古的某些历史，而公元前中又混含着对二○○一年的幻想，我站在今天设想远古又幻想未来，远古和未来在今天随意交叉，因而远古和未来都刮着现在的风。

我理解，博尔赫斯的"交叉小径的花园"是指一个人的感觉、思绪和印象，在一个人的感觉、思绪和印象里，时间成为错综交叉的小径。他强调的其实不是时间，而是作为主观的人的心灵，这才是一座迷宫的全部。

这已经不能说是记忆了，这显然也不是大脑猎奇的企图所致。这样的重组或者混淆，以及重组和混淆的更多可能性，乃是大脑去巡察心灵的路径，去搜捕和缉拿心灵的作为。昆德拉说（大意）："没有发现，就不能算得好小说。"我想，写作肯定不是为了重现记忆中的往事，而是为了发现生命根本的处境，发现生命的种种状态，发现历史所不曾显现的奇异或者神秘的关联，从而，去看一个亘古不变的题目：我们心灵的前途，和我们生命的价值，终归是什么？

这样的发现，是对人独特存在的发现，同时是对神的独特存在的发现。

这样的发现肯定是永无终结的，因为，比如说我们的大脑永远巡察不尽我们的心灵，比如说我们的智力永远不能穷尽存在的神秘，比如说存在是一个无穷的运动我们永远都不能走到终点，比如说我们永远都在朝圣的途中但永远都不能走到神的位置。也就是说，我们对终极的发问，并不能赢得终极的解答和解决。就像存在是一个永恒的过程一样，生命的意义是一个永恒的问题。比如艺术，谁能给它一个终极的解答么？比如爱，谁能给它一个终极的解决，从而给我们一个真正自由和博爱的世界？自由和爱永远是一个问题。自由和爱，以问题的方式而不是以答案形态，叠入我们的心灵。要点在于：这样的问题，有，还是没有？有和没有，即是神的存在和不存在，即是心灵的醒悟或者迷途。这差不多就是我们为什么要写作的理由了。

记忆给了我们这样的方便。

1994 年 4 月 12 日

爱情问题

一

有人说，世界上，每分每秒都有贝多芬的乐曲在奏响在回荡，如果真有外星人的话，他们会把这声音认作地球的标志（就像土星有一道美丽的环），据此来辨认我们居于其上的这颗星星。这是个浪漫的想象。何妨再浪漫些呢？若真有外星人，外星人爷爷必定会告诉外星人孙子，这声音不过是近二百年来才出现的，而比这声音古老得多的声音是"爱情"。爱情，几千年来人类以各种发音说着、唱着、赞美着和向往着它，缠绵激荡片刻不息。因此，外星人爷爷必定会纠正外星人孙子：爱情——这声音，才是银河系中那颗美丽星星的标志呢。

二

但，爱情是什么？爱情，都是什么呢？

大约不会有人反对：美满的爱情必要包含美妙的性（注：本文中的"性"意指性吸引、性行为、性快乐），而美满的性当然要以爱情为前提。因为世上还有一种叫做"友爱"的情感，以及一种叫做"嫖娼"和一种叫做"施暴"的行为。因而大约也就不会有人反对；爱情不等于性，性也不能代替爱情。如同红灯区里的男人或女人都不能代替爱人。

这差不多能算一种常识。

问题是：那个不等同于性的爱情是什么？那个性所不能代替的爱情，是什么？包含性并且大于性的那个爱情，到底是怎么一种事？

三

也许爱情，就是友爱加性吸引？

就算这机械的加法并不可笑，但是，为什么你的异性朋友不止十个，而爱人却只有一个（或同时只有一个）呢？因为只有一个对你产生性吸引？是吗？

也许有人是。可我不是。我不是而且我相信，像我这样不止从一个异性那儿感受到吸引的人很多，像我这样不止被一个美丽女人惊呆了眼睛和惊动了心的男人很多，像我这样公开或暗自赞美过两个以上美妙异性的人肯定占着人类的多数。

证明其实简单：你还没有看见你的爱人之时你早已看见了异性的美妙，你被异性惊扰和吸引之后你才开始去寻找爱人。你在寻找一个事先并不确定的异性做你的爱人，这说明你在选择。你在选择，这说明对你有性吸引力的异性并不只有一个。那么，选择的根据是什么？若仅仅是性，便没有什么爱情发生，因而那是动物界司空见惯的事件与本文无关。你的根据当然是爱情。

但是爱情是什么眼下还不知道。

现在只知道了一件事：性吸引从来不是一对一的，从来是多向的，否则物种便要在无竞争中衰亡。

四

我读过一篇小说，写一对恋人（或夫妻）出门去，走在街上、走进商店、坐上公共汽车和坐进餐厅里，女人发现男人的目光常常投向另外的女人（一些漂亮或性感的女人），于是她从扫兴到愤怒终至离开了那男人。这篇小说明显是嘲讽那个男人，相信他不懂得爱情和不忠于爱情。

但该小说作者的这一判断只有一半的可能是对的，只有一半的可能是，那个男人尚未走出一般动物的行列。另外一半的可能是那个女人不懂爱情。首先她没弄清性与爱的分别，性是多指向的，而性的多指向未必不可以与爱的专一共存。其次她把自己仅仅放在了性的位置上，因为只有在这个位置上她与另外那些女人才是可比的。第三，那男人没有因为众多的性吸引而离开她，她可想过这是为什么吗？她显然没想过，因为倒是她仅仅为了性妒忌而离开了她的恋人或丈夫。

恋人们或夫妻们，应该承认性吸引的多向性，应该互相允许（公开或暗自）赞赏其他异性之魅力。但是！但是恋人们或夫妻们，可以承认和允许多向的性行为么？不，当然不，至少我不，至少当今绝对多数的人都——不！这，是为什么？这是一个最严重也最有价值的问题。

五

毫无疑问，是因为爱情，因为必须维护爱情的神圣与纯洁，因为专一的爱情才受到赞扬。但是，这就有点儿奇怪，这就必然引出两个不能含混过去的问题：

一是，爱情既然是一种美好的情感，为什么要专一？为什么只能对一个人？为什么必须如此吝啬？为什么这吝啬或自私倒要受到赞扬和被誉为神圣与纯洁？

二是，性吸引既然是多向的，为什么性行为不应该也是多向的？为什么性行为要受到限制，而且是以爱情（神圣与纯洁）的名义来限制？为什么对性的态度，竟是对爱情忠贞与否的（一个很重要的）证明？为什么多向的性吸引可与爱情共存，而多向的性行为便被视为对爱情的不忠？

六

先说第二个问题。

这不忠的观念，可能是源于早先的把爱情与婚姻、家庭混为一谈，源于婚姻、家庭所关涉的财产继承。所以这不忠，曾经主要是一个经济问题，现在则不过是旧观念的遗留问题。这不无道理。但，这么简单么？那么在今天，爱情已不等同于婚姻、家庭，已常常与经济无涉，这不忠的观念是否就没有了基础就很快可以消逝了呢？或者这不忠的观念，仅仅是出于动物式的性争夺，在宽厚豁达和更为进步的人那儿已不存在？

我知道一位现代女性，她说只要她的丈夫是爱她的，她丈夫的性对象完全可以不限于她，她说她能理解，她说她自己并不喜欢这样但是她能理解她的丈夫，她说："只要他爱我，只要他仍然是爱我的，只要他对别人不是爱，他只爱我。"可是，当那男人真的有了另外的性对象而且这样的事情慢慢多起来时，这位现代女性还是陷入了痛苦。不，她并不推翻原来的诺言，她的痛苦不是因为旧观念的遗留，更不是性嫉妒，而是一个始料未及的问题："可我怎么能知道，他还是爱我的？"她说，虽然他对她一如既往，但是她忽然不知道为什么他还是爱她的。她不知道在他眼里和心中，她与另外那些女人有什么不同。她不知道为什么她不是与另外那些女人一样，也仅仅是他的一个性对象？她问："什么能证明爱情？"一如既往的关心、体贴、爱护、帮助……这些就是爱情的证明么？可这是母爱、父爱、友爱、兄弟姐妹之爱也可以做到的呀？但是爱情，需要证明，需要在诸多种爱的情感中独树一帜表明那不是别的那正是爱情！

什么，能证明爱情？

七

曾有某出版社的编辑，约我就爱情之题写一句话。我想了很久，写了：没有什么能够证明爱情，爱情是孤独的证明。

这句话很可能引出误解，以为就像一首旧民谣中所表达的愿望，爱情只是为了排遣寂寞。（那首旧民谣这样说：

小小子儿，坐门墩儿，哭着喊着要媳妇儿。要媳妇儿干吗呀？点灯说话儿，吹灯就伴儿，早上起来梳小辫儿。）不，孤独并不是寂寞。无所事事你会感到寂寞，那么日理万机如何呢？你不再寂寞了但你仍可能孤独。孤独也不是孤单。门可罗雀你会感到孤单，那么门庭若市怎样呢？你不再孤单了但你依然可能感到孤独。孤独更不是空虚和百无聊赖。孤独的心必是充盈的心，充盈得要流溢出来要冲涌出去，便渴望有人呼应他、收留他、理解他。孤独不是经济问题也不是生理问题，孤独是心灵问题，是心灵间的隔膜与歧视甚或心灵间的战争与戕害所致。那么摆脱孤独的途径就显然不能是日理万机或门庭若市之类，必须是心灵间戕害的停止、战争的结束、屏障的拆除，是心灵间和平的到来。心灵间的呼唤与呼应、投奔与收留、袒露与理解，那便是心灵解放的号音，是和平的盛典是爱的狂欢。那才是孤独的摆脱，是心灵享有自由的时刻。

但是这谈何容易，谈何容易！

让我们记起人类社会是怎样开始的吧。那是从亚当和夏娃偷吃了禁果于是知道了善恶之日开始的，是从他们各自用树叶遮挡起生殖器官以示他们懂得了羞耻之时开始的。

善恶观（对与错、好与坏、伟大与平庸与渺小等等），意味着价值和价值差别的出现。羞耻感（荣与辱，扬与贬，歌颂与指责与唾骂等等），则宣告了心灵间战争的酿成，这便是人类社会的独有标记，这便是原罪吧，从那时起，每个人的心灵都要走进千万种价值的审视、评判、褒贬，乃至误解中去（枪林弹雨一般），每个人便都不得不遮挡起肉体和灵魂的羞处，于是走进隔膜与防范，走进了孤独。但从那时起所有的人就都生出了一个渴望：走出孤独，回归乐园。

那乐园就是，爱情。

八

寻找爱情，所以不仅仅是寻找性对象，而根本是寻找乐园，寻找心灵的自由之地。这样看来，爱情是可以证明的了。自由可以证明爱情。自由或不自由，将证明那是爱情或者不是爱情。

自由的降临要有一种语言来宣告。文字已经不够，声音已经不够，自由的语言是自由本身。解铃还需系铃人。

孤独是从遮掩开始的，自由就要从放弃遮掩开始。孤独是从防御开始的，自由就要从拆除防御开始。孤独是从羞耻开始的，自由就要从废除羞耻开始。孤独是从衣服开始，从规矩开始，从小心谨慎开始，从距离和秘密开始，那么自由就要从脱去衣服开始，从破坏规矩开始，从放浪不羁开始，从消灭距离和泄露秘密开始……（我想，相视如仇一定是爱的结束，相敬如宾呢，则可能还不曾有爱。）

性行为是一种语言。在爱人们那儿，袒露肉体已不仅仅是生理行为的揭幕，更是心灵自由的象征；炽烈地贴近已不单单是性欲的催动，更是心灵的相互渴望；狂浪的交合已不只是繁殖的手段，而是爱的仪式。爱的仪式不能是自娱，而必得是心灵间的呼唤与应答。爱的仪式，并不发生在一个与世隔绝的孤岛，爱的仪式是百年孤独中的一炬自由之火。在充满心灵战争的人间，唯这儿享有自由与和平。这儿施行与外界不同甚或相反的规则，这儿赞美赤身裸体，这儿尊敬神魂颠倒，这儿崇尚礼崩乐坏，这儿信奉敞开心扉。这就是爱的仪式。爱的表达。爱的宣告。爱的倾诉。爱之祈祷或爱之祭祀。

九

君王与嫔妃、嫖客与娼妓、爱人与爱人，其性行为之方式的相同点想必很多，那是由于身体的限制。但其性行为之方式的不同点肯定更多，因为，就便是相同的行动也都流溢着不同的表达，那是源自心灵的创造。

譬如哭，是忧伤还是矫情，一望可知。譬如笑，是欢欣还是敷衍，一望可知。譬如西门庆和查泰莱夫人的情人，其境界的大不同一读可知。这很像是人们用着相同的文字，而说着不同的话语。相同的文字大家都认得，不同的话语甚至不能翻译。

顺便想到：什么是淫荡呢？在不赞成禁欲的人看来，并没有淫荡的肉身，只有淫荡的心计。只要是爱的表达（譬如查泰莱夫人与其情人），一切礼崩乐坏的作为都是真理，并无淫荡可言。而若有爱之外的指向（譬如西门庆），再规范再八股的行动也算流氓。

十

　　性是爱的仪式，爱情有多么珍重，性行为就要多么珍
重。好比，总不能在婚礼上奏哀乐吧，总不能为了收取祭
品就屡屡为亲娘老子行葬礼吧。仪式，大约有着图腾的意
味，是要虔敬的。改变一种仪式，意味着改变一种信念，
毁坏一种仪式就是放弃一种相应的信念。性行为，可以是
爱的仪式，当然也可以是不爱的告白。

　　这就是为什么，对性的态度，是对爱情忠贞与否的一
个重要证明。这就是为什么，性要受到限制，而且是以爱
情的名义。

　　爱情，不是自然事件，不是荒野上交媾的季节。爱情
是社会事件，在亚当夏娃走出伊甸园之后发生，爱情是在
相互隔膜的人群里爆发出一种理想，并非一种生理的分泌。
所以性不能代替爱情。所以爱情包含性又大于性。

十一

再说第一个问题：爱情既然是美好的感情，为什么要专一，为什么不该多向呢？为什么不该在三个以至一万个人之间实现这种感情呢？好东西难道不应该扩大倒应该缩小到只是一对一？多向的爱情，正可与多向的性吸引相和谐，多向的性行为何以不能仍然是爱的仪式呢？那岂不是在更大的范围里摆脱孤独么？岂不是在更大的范围里敞开心扉，实现心灵的自由与和平么？这难道不是更美好的局面？

不能说这不是一个美好的理想。这差不多与世界大同类似，而且不单是在物质享有上的大同。在我想来，这更具有理想的意味。至少，以抽象的逻辑而论，没有谁能说出这样的局面有什么不美和不好。若有不美和不好，则必是就具体的不能而言。问题就在这儿，不是不该，而是不能。不是理想的不该，不是逻辑的不通，也不是心性的不欲，而是现实的不能。

为什么不能？

非常奇妙：不能的原因，恰恰就是爱情的原因。简而言之：孤独创造了爱情，这孤独的背景，恰恰又是多向爱情之不能的原因。倘万众相爱可如情侣，孤独的背景就要消失，于是爱情的原因也将不在。孤独的背景即是我们生存的背景，这与悲观和乐观无涉，这是闭上眼睛也能感受到的事实，所以爱情应当珍重，爱情神圣。

倘有三人之恋，我看应当赞美，应当感动，应当颂扬。这与所谓第三者绝无相同，与群婚、滥交、纳妾、封妃更是天壤之别。唯其可能性微乎其微。更别说四。

十二

我知道有一位性解放人士，他公开宣称他爱着很多女人，不是友爱而是包含性且大于性的爱情，他的宣称不是清谈，他宣称并且实践。这实践很可能值得钦佩。但不幸，此公还有一个信条：诚实。（这原不需特别指出，爱情嘛，没有诚实还算什么？）于是苦恼就来了，他发现他走进了一个二律背反的处境：要保住众多爱情就保不住诚实，要保住诚实就保不住众多爱情。因为在他众多地诚实了之后，众多的爱人都冲他嚷：要么你别爱我，要么你只爱我一个！于是他好辛苦：对A瞒着B，对B瞒着C，对C瞒着AB，对B瞒着AC……于是他好荒唐：本意是寻找自由与和平，结果却得到了束缚和战争，本意要诚实结果却欺瞒，本意要爱结果他好孤独。他说他好孤独，我想他已开始成人。他或者是从动物进化成人了，或者是从神仙下凡成人了，总之他看见了人的处境。这处境是：心与心的自由难得，肉与肉的自由易取。这可能是因为，心与心的差别远远大于肉与肉的差别，生理的人只分男女，心灵的人千差万别。这处境中自由的出路在哪儿？我想无非两路：放弃爱情，在欺瞒中去满足多向的性欲，麻醉掉孤独中的心灵和做爱情的信徒，知道他非常有限，因而祈祷因而虔敬，不恶其少恶其不存，唯其存在，心灵才注满希望。

十三

不过真正的性解放人士，可能并不轻视爱，倒是轻视性。他们并不把性与爱联系在一起，不认为性有爱之仪式的意义，为什么吃不是爱的告白呢？性也不必是。性就是性如同吃就是吃，都只是生理的需要与满足，爱情嘛，是另一回事。这不失为一个聪明的主张。你可以有神圣的专注的爱情，同时也可以有随意的广泛的性行为，既然爱与性互不相等，何妨更明朗些，把二者彻底分割开来对待呢？真的，这不见得不是一个好主意，性不再有自身之外的意义，性就可以从爱情中解放出来，像吃饭一样随处可吃，不再引起其他纠葛了。但是，爱，还包含性么？当然包含，爱人，为什么不能也在一块吃顿饭呢？爱情的重要是敞开心扉不是吗，何须以敞开肉体作其宣布？敞开肉体不过是性行为一项难免的程序，在哪儿吃饭不得先有个碗呢？所以我看，这主张不是轻视了爱，而是轻视了性，倘其能够美满就真是人类的一次伟大转折。

　　但是这样，恐怕性又要失去光彩，被轻视的东西必会变得乏味，唾手可得的东西只能使人舒适不能令人激动，这道理相当简单，就像绝对的自由必会葬送自由的魅力。据说在性解放广泛开展的地方，同时广泛地出现着性冷漠，我信这是真的，这是必然。没有了心灵的相互渴望，再加上肉体的沉默（没有另外的表达），性行为肯定就像按时地服药了。假定这不重要，但是爱呢？爱情失去了什么没有?

爱情失去了一种最恰当的语言。这语言随处滥用,在爱的时候可还能表达什么呢?还怎么能表达这不同于吃饭和服药的爱情呢?正所谓"假作真时真亦假,无为有处有还无"了。爱情,必要有一种语言来表达,心灵靠它来认同,自由靠它来拓展,和平靠它来实现,没有它怎么行?而且它,必得是不同寻常的、为爱情所专用的。这样的语言总是要有的,不是性就得是其他。不管具体是什么,也一样要受到限制,不可滥用,滥用的结果不是自由而是葬送自由。

既然这样,作为爱的语言或者仪式,就没有什么别的东西能够优于性。因为,性行为的方式,天生酷似爱。其呼唤和应答,其渴求和允许,其拆除防御和解除武装,其放弃装饰和袒露真实,其互相敞开与贴近,其相互依靠与收留,其随心所欲及轻蔑规矩,其携力创造并共同享有,其极乐中忘记你我刹那间仿佛没有了差别,其一同赴死的感觉但又一起从死中回来,曾经分离但现在我们团聚,我们还要分离但我们还会重逢……这些形式都与爱同构。说到底,性之中原就埋着爱的种子,上帝把人分开成两半,原是为了让他们体会孤独并崇尚爱情吧，上帝把性和爱联系起来，那是为了，给爱一种语言或一个仪式，给性一个引导或一种理想。上帝让繁衍在这样的过程里面发生，不仅是为了让一个物种能够延续，更是为了让宇宙间保存住一个美丽的理想和美丽的行动。

十四

可为什么，性，常常被认为是羞耻的呢？我想了好久好久，现在才有点儿明白：禁忌是自由的背景，如同分离是团聚的前提。

这是一个永恒的悖论。

这是一切"有"的性质，否则是"无"。

我们无法谈论"无"，我们以"有"来谈论"无"。

我们无法谈论"死"，我们以"生"来谈论"死"。

我们无法谈论"爱情"，我们以"孤独"来谈论"爱情"。

一个永恒的悖论，就是一个永恒的距离，一个永恒孤独的现实。

永恒的距离，才能引导永恒的追寻。永恒孤独的现实，才能承载永恒爱情的理想。所以在爱的路途上，永恒的不是孤独也不是团聚，而是祈祷。

祈祷。

一切谈论都不免可笑，包括企图写一篇以"爱情问题"为题的文章。某一个企图写这样一篇文章的人，必会在其文章的结尾处发现：问题永远比答案多。除非他承认：爱情的问题即是爱情的答案。

1994 年

扶轮问路

坐轮椅竟已坐到了第三十三个年头，用过的轮椅也近两位数了，这实在是件没想到的事。一九八〇年秋天，"肾衰"初发，我问过柏大夫："敝人刑期尚余几何？"她说："阁下争取再活十年。"都是玩笑的口吻，但都明白这不是玩笑——问答就此打住，急忙转移了话题，便是证明。十年，如今已然大大超额了。

那时还不能预见到"透析"的未来。那时的北京城仅限三环路以内。

那时大导演田壮壮正忙于毕业作品，一干年轻人马加一个秃顶的林洪桐老师，选中了拙作《我们的角落》，要把它拍成电视剧。某日躺在病房，只见他们推来一辆崭新的手摇车，要换我那辆旧的，说是把这辆旧的开进电视剧那才真实。手摇车，轮椅之一种，结构近似三轮摩托，唯动力是靠手摇。一样的东西，换成新的，明显值得再活十年。只可惜，出院时新的又换回成旧的，那时的拍摄经费比不得现在。

不过呢，还是旧的好，那是我的二十位同学和朋友的合资馈赠。其实是二十位母亲的心血——儿女们都还在插队，哪儿来的钱？那轮椅我用了很多年，摇着它去街道工厂干活，去地坛里读书，去"知青办"申请正式工作，在大街小巷里风驰或鼠窜，到城郊的旷野上看日落星出……摇进过深夜，也摇进过黎明，以及摇进过爱情但很快又摇出来。

一九七九年春节，摇着它，柳青骑车助我一臂之力，乘一路北风，我们去《春雨》编辑部参加了一回作家们的聚会。在那儿，我的写作头一回得到认可。那是座古旧的小楼，又窄又陡的木楼梯踩上去"咚咚"作响，一代青年作家们喊着号子把我连人带车抬上了二楼。"斯是陋室"——脱了漆的木地板，受过潮的木墙围，几盏老式吊灯尚存几分贵族味道……大家或坐或站，一起吃饺子，读作品，高谈阔论或大放厥词，真正是一个激情燃烧的年代。

所以，这轮椅殊不可以"断有情"，最终我把它送给了一位更不容易的残哥们儿。其时我已收获几笔稿酬，买了一辆更利远行的电动三轮车。

这电动三轮利于远行不假，也利于把人撂在半道儿。有两回，都是去赴苏炜家的聚会，走到半道儿，一回是链子断了，一回是轮胎扎了。那年代又没有手机，愣愣地坐着想了半晌，只好侧弯下身子去转动车轮，左轮转累了换只手再转右轮。回程时有了救兵，一次是陈建功，一次是郑万隆，骑车推着我走，到家已然半夜。

链子和轮胎的毛病自然好办，机电部分有了问题麻烦就大。幸有三位行家做我的专职维护，先是瑞虎，后是老鄂和徐杰。瑞虎出国走了，后二位接替上。直到现在，我座下这辆电动轮椅——此物之妙随后我会说到——出了毛病，也还是他们三位的事；瑞虎在国外找零件，老鄂和徐杰在国内施工，通过卫星或经由一条海底电缆，配合得无懈可击。

两腿初废时，我曾暗下决心：这辈子就在屋里看书，哪儿也不去了。可等到有一天，家人劝说着把我抬进院子，一见那青天朗照、杨柳和风，决心即刻动摇。又有同学和朋友们常来看我，带来那一个大世界里的种种消息，心就越发地活了，设想着，在那久别的世界里摇着轮椅走一走大约也算不得什么丑事。于是有了平生的第一辆轮椅。那是邻居朱二哥的设计，父亲捧了图纸，满城里跑着找人制作，跑了好些天，才有一家"黑白铁加工部"肯于接受。用材是两个自行车轮、两个万向轮并数根废弃的铁窗框。母亲为它缝制了坐垫和靠背。后又求人在其两侧装上支架，撑起一面木板，书桌、饭桌乃至吧台就都齐备。倒不单是图省钱。现在怕是没人会相信了，那年代连个像样的轮椅都没处买；偶见"医疗用品商店"里有一款，其昂贵与笨重都可谓无比。

我在一篇题为《看电影》的散文中，也说到过这辆轮椅："一夜大雪未停，事先已探知手摇车不准入场（电影院），母亲便推着那辆自制的轮椅送我去……雪花纷纷地还在飞舞，在昏黄的路灯下仿佛一群飞蛾。路上的雪冻成了一道道冰凌子，母亲推得沉重，但母亲心里快乐……母亲知道我正打算写点什么，又知道我跟长影的一位导演有着通信，所以她觉得推我去看这电影是非常必要的，是件大事。怎样的大事呢？我们一起在那条快乐的雪路上跋涉时，谁也没有把握，唯朦胧地都怀着希望。"

那一辆自制的轮椅，寄托了二老多少心愿！但是下一辆真正的轮椅来了，母亲却没能看到。

下一辆是《丑小鸭》杂志社送的，一辆正规并且做工精美的轮椅，全身的不锈钢，可折叠，可拆卸，两侧扶手下各有一金色的"福"字。

除了这辆轮椅，还有一件也是我多么希望母亲看见的事，她却没能看见：一九八三年，我的小说得了全国奖。

得了奖，像是有了点儿资本，这年夏天我被邀请参加了《丑小鸭》的"青岛笔会"。双腿瘫痪后，我才记起了立哲曾教我的"不要脸精神"，大意是：想干事你就别太要面子，就算不懂装懂，哥们儿你也得往行家堆儿里凑。立哲说这话时，我们都还在陕北，十八九岁。"文革"闹得我们都只上到初中，正是靠了此一"不要脸精神"，赤脚医生孙立哲的医道才得突飞猛进，在陕北的窑洞里做了不知多少手术，被全国顶尖的外科专家叹为奇迹。于是乎我便也给自己立个法：不管多么厚脸皮，也要多往作家堆儿里凑。幸而除了两腿不仁不义，其余的器官都还按部就班，便一闭眼，拖累着大伙儿去了趟青岛。

参照以往的经验，我执意要连人带那辆手摇车一起上行李车厢，理由是下了火车不也得靠它？其时全中国的出租车也未必能超过百辆。树生兄便一路陪伴。谁料此一回完全不似以往（上一次是去北戴河，下了火车由甘铁生骑车推我到宾馆），行李车厢内货品拥塞，密不透风，树生心脏本已脆弱，只好于一路挥汗谈笑之间频频吞服"速效救心"。

回程时我也怕了，托运了轮椅，随众人去坐硬座。进站口在车头，我们的车厢在车尾；身高马大的树纲兄背了我走，先还听他不紧不慢地安慰我，后便只闻其风箱也似的粗喘。待找到座位，偌大一个刘树纲竟似只剩下了一张煞白的脸。

《丑小鸭》不知现在还有没有？那辆"福字牌"轮椅，理应归功其首任社长胡石英。见我那手摇车抬上抬下着实不便，他自言自语道："有没有更轻便一点儿的？也许我们能送他一辆。"瞌睡中的刘树生急忙弄醒自己，接过话头儿："行啊，这事儿交给我啦，你只管报销就是。"胡石英欲言又止——那得多少钱呀，他心里也没底。那时铁良还在医疗设备厂工作，说正有一批中外合资的轮椅在试生产，好是好，就是贵。树生又是那句话："行啊，这事儿交给我啦，你去买来就是。"买来了，四百九十五块，八三年呀！据说胡社长盯着发票不断地咋舌。

这辆"福"字牌轮椅，开启了我走南闯北的历史。其实是众人推着、背着、抬着我，去看中国。先是北京作协的一群哥们儿送我回了趟陕北，见了久别的"清平湾"。后又有洪峰接我去长春领了个奖；父亲年轻时在东北林区待了好些年，所以沿途的大地名听着都耳熟。马原总想把我弄到西藏去看看，我说：下了飞机就有火葬场吗？吓得他只好请我去了趟沈阳。王安忆和姚育明推着我逛淮海路，是在一九八八年，那时她们还不知道，所谓"给我妹妹挑件羊毛衫"其实是借口，那时我又一次摇进了爱情，并且至今没再摇出来。少功、建功还有何立伟等等一大群人，更是把我抬上了南海舰队的鱼雷快艇。仅于近海小试风浪，已然触到了大海的威猛——那波涛看似柔软，一旦颠簸其间，竟是石头般的坚硬。又跟着郑义兄走了一回五台山，在"佛母洞"前汽车失控，就要撞下山崖时被一块巨石挡住。大家都说"这车上必有福将"，我心说是我呀，没见轮椅上那个"福"字？一九九六年迈平请我去斯德哥尔摩开会，算是头一回见了外国。飞机缓缓降落时，我心里油然地冒出句挺有学问的话：这世界上果真是有外国呀！转年立哲又带我走了差不多半个美国，那时双肾已然怠工，我一路挣扎着看：大沙漠、大峡谷、大瀑布、大赌城……立哲是学医的，笑嘻嘻地闻一闻我的尿说："不要紧，味儿挺大，还能排毒。"其实他心里全明白。他所以急着请我去，就是怕我一旦"透析"就去不成了。他的哲学一向是：命，干吗用的？单是为了活着？

说起那辆"福"字轮椅就要想起的那些人呢？如今都老了，有的已经过世。大伙儿推着、抬着、背着我走南闯北的日子，都是回忆了。这辆轮椅，仍然是不可"断有情"的印证。我说过，我的生命密码根本是两条：残疾与爱情。

如今我也是年近花甲了，手摇车是早就摇不动了，"透析"之后连一般的轮椅也用着吃力。上帝见我需要，就又把一种电动轮椅泊来眼前，临时寄存在王府井的医疗用品商店。妻子逛街时看见了，标价三万五。她找到代理商，砍价，不知跑了多少趟。两万九？两万七？两万六，不能再低啦小姐。好吧好吧，希米小姐偷着笑：你就是一分不降我也是要买的！这东西有趣，狗见了转着圈地冲它喊，孩子见了总要问身边的大人：它怎么自己会走呢？据说狗的智力相当于四五岁的孩子，他们都还不能把这椅子看成是一辆车。这东西才真正是给了我自由：居家可以乱窜，出门可以独自疯跑，跳舞也行，打球也行，给条坡道就能上山。舞我是从来不会跳。球呢，现在也打不好了，再说也没对手——会的嫌我烦，不会的我烦他。不过呢，时隔三十几年我居然上了山——昆明湖畔的万寿山。

谁能想到我又上了山呢！

谁能相信，是我自己爬上了山的呢！

坐在山上，看山下的路，看那浩瀚并喧嚣着的城市，想起凡·高给提奥的信中有这样的话："我是地球上的陌生人，（这儿）隐藏了对我的很多要求"，"实际上我们穿越大地，我们只是经历生活"，"我们从遥远的地方来，到遥远的地方去……我们是地球上的朝拜者和陌生人"。

坐在山上，看远处天边的风起云涌，心里有了一句诗：嗨，希米，希米／我怕我是走错了地方呢／谁想却碰见了你！——若把凡·高的那些话加在后面，差不多就是一首完整的诗了。

坐在山上，眺望地坛的方向，想那园子里"有过我的车辙的地方也都有过母亲的脚印"；想那些个"又是雾罩的清晨，又是骄阳高悬的白昼……"想那些个"在老柏树旁停下，在草地上在颓墙边停下，又是处处虫鸣的午后，又是鸟儿归巢的傍晚……"想我曾经的那些个想："我用纸笔在报刊上碰撞开的一条路，并不就是母亲盼望我找到的那条路……母亲盼望我找到的那条路到底是什么？"

有个回答突然跳来眼前：扶轮问路。是呀，这五十七年我都干了些什么？——扶轮问路，扶轮问路啊！但这不仅仅是说，有个叫史铁生的家伙，扶着轮椅，在这颗星球上询问过究竟。也不只是说，史铁生——这一处陌生的地方，如今我已经弄懂了他多少。更是说，譬如"法轮常转"，那"轮"与"转"明明是指示着一条无限的路途——

无限的悲怆与"有情"，无限的蛮荒与惊醒……以及靠着无限的思问与祈告，去应和那存在之轮的无限之转！尼采说"要爱命运"。爱命运才是至爱的境界。"爱命运"即是爱上帝——上帝创造了无限种命运，要是你碰上的这一种不可心，你就恨他吗？"爱命运"也是爱众生——设若那一种不可心的命运轮在了别人，你就会松一口气怎的？而凡·高所说的"经历生活"，分明是在暗示：此一处陌生的地方，不过是心魂之旅中的一处景观、一次际遇，未来的路途一样还是无限之问。

2007 年 11 月 20 日

身 与 心

若把人仅仅视为肉身，余者不过其功能种种，当然就会看人生是一场偶然的戏剧，"死去原知万事空"，及时行乐最是明智之举。可不是吗，既然人曾经是、终归仍不过是一堆平等的物质，又何必去问什么意义。尤其这戏剧不单偶然，而且注定是苦难重重，又何苦对之抱以太多热情，莫如把希望寄于死后或来生——一处清静无忧的所在。这差不多是一类信仰的根源。问题是它把生命看得太过直观，多有思问者怕不会满足；比如说吧，谁知道死后会是啥样？凭什么我要相信你的描述？

若把人生看作精神之旅，肉身不过一具临时载体，好比一驾车马，"乘物以游心"，你还会贬低意义，轻视热情，宁愿生命仅仅是一次按部就班的生理消费吗？这是另一类信仰的起点。但这类信仰，至少有三个问题需要解决。

一是要证明精神的永恒，即精神并不随着肉身的死亡而告消灭，否则热情和意义便失根基。此题其实并不难解，因为证据一向都不隐蔽：人类生生死死已历多少世代，但毁灭的全是肉身，精神何曾有过须臾止息！

二是要证明，困苦之于人生，是死也难逃的宿命，否则就会助长以死来赴极乐的期冀。此题的解法也不复杂：除非死等于无，否则你逃到哪儿去也还是一种生的状态；而死若等于无呢，无的意思是不存在，你又怎能逃到一处并不存在的地方去呢？

三、于是有人要强调"我"了——我的精神，我的精神难道不会随着我的死亡而消散吗？可事实上，"我的精神"若不融入"类的精神"，就不能算是精神，而仅仅还是肉身，或某一肉身顺便携带的一点点自行封闭和断绝的消息。有谁会认为一己私欲也算得一种精神吗？比如一块瓷片，所以被珍重，是因为它与一具完整的瓷器相关，故可传达某种审美精神；倘其太过破碎，除了是块碎片跟谁也挨不上，确实它就不必热情，也无须意义，它已然是回归了清静无忧的所在。

相信人即精神之旅者，必会关心生命的意义，唯意义能够连接起部分和整体，连接起暂时与永恒。而相信人即肉身者，关心意义可不是累、抱紧热情可不是傻吗？但其行为常又乖张：只因不见意义，便说没有意义，而"没有意义"却又被强调成一种意义，甚至信仰。

我是说，这两类信仰的根源和取向大相径庭，并无取消一种的意思。譬如我，早晨一睁眼便相信后一种，晚上一上床，自然而然地也赞成前者。后一种让我满怀热情地走进生活，在寻求意义的过程中享受欢乐，而前者是最好的心理医生，或安眠曲。怎么回事？我这人太没主张，一会儿把人视为精神，一会儿又看人只是肉身？可不就这么回事！我既是我，我又是史铁生，既然身心兼备，自当各派其用。早晨一睁眼，身助心愿，心就像个孩子，驾驶着身之车只争朝夕；晚上一上床，心随身安，身就像辆破车，心再不要打扰它，只要维护它、安慰它：睡你的觉吧，万法皆空。其实呢，无论何时何地，人生之事莫非身、心两类，怕只怕弄颠倒了。比如名，实为身所有，即那史之牵挂，或那偶然车马之悲欢；"轻轻地我来了"，我跟着沾点儿光和累，"轻轻地我走"后呢，谁还管他是谁——弄得好了是某种思问之标识，弄不好唯一缕烟尘！但写作，那可是我的事，我从中成长，苦乐兼得，由个傻小子渐渐长得像个明白人了。待某日那史一闭眼走了，车毁马亡，但愿助我成长的事情仍可借另一驾车马助我成长。当然了，卸磨杀驴极不道德，故也该对那史抱以谢忱：为了我的游历和成长，哥们儿你受累了、受苦了、尽力了，多谢多谢了。还能怎样？我还嫌他生前腿也敷衍、肾也塞责，弄得我苦不堪言呢！就像民歌中唱的："灰毛驴驴地上喽，灰毛驴驴地下，一辈子也没坐过好车马……"

2008 年 6 月 1 日

诚实与善思

　　我来此史（铁生）眼看就是一个花甲了。这些年我们携手同舟，也曾在种种先锋身后紧跟，也曾在种种伟大脚下膜拜，更是在种种天才与博学的旋涡中惊悚不已。生性本就愚钝，再经此激流暗涌，早期症状是找不着北，到了晚期这才相信，诚实与善思乃人之首要。

　　良家子弟，从小都被教以谦逊、恭敬——"三人行必有我师"，"满招损，谦受益"以及"骄兵必败"等等，却不知怎么，越是长大成人倒越是少了教养——单说一个我、你、他或还古韵稍存，若加上个"们"字，便都气吞山河得要命。远而儒雅些的比如"问苍茫大地谁主沉浮？我们，我们，我们！"近且直白的则是"你们有什么资格指责我们！"

你们，他们，为啥就不能指责我们？我们没错，还是我们注定是没错的？倘人家说得对又当如何？即便不全对，咱不是还有一句尤显传统美德的"无则加勉"吗？就算全不对，你有你的申辩权、反驳权，怎么就说人家没资格？人均一脑一嘴，欲剥夺者倒错得更加危险。

古有"五十步笑百步"之嘲，今却有百步笑五十步且面无愧色者在，譬如阿Q的讥笑小D或王胡。不过，百步就没有笑五十步的权利吗？当然不是，但有愧色就好，就更具说服力。其实五十步也足够愧之有色了，甚至一步、半步就该有，或叫见微知著，或叫防患于未然。据说，"耻辱"二字虽多并用，实则耻辱大相径庭。"知耻而后勇"——"耻"是愧于自身之不足；"辱"却相反，是恨的酵母——"仇恨入心要发芽"。

电影《教父》中的老教父，给他儿子有句话："不要恨，恨会使你失去判断。"此一黑道家训，实为放之诸道而皆宜。无论什么事，怨恨一占上风，目光立刻短浅，行为必趋逞强。为什么呢？被愤怒拿捏着，让所恨的事物牵着走，哪还会有"知己知彼"的冷静！

比如今天，欲取"西方中心"而代之者，正风起云涌。

其实呢，中不中心的也不由谁说了算。常听到这样的话："我们中国其实是最棒的！""他们西方有啥了不起！""你们美国算什么！"类似的话——我才是最棒的，他有啥了不起，你算个什么——若是让孩子说了，必遭有教养的家长痛斥，或令负责任的老师去反省；怎么从个人换到国族，心情就会大变呢？看来，理性常不是本性的对手。一团本性的怒火尚可被理性控制，怒火一多，牵连成片，便能把整座森林都烧成怨恨，把诚实与善思都烧死在里面。老实说，我倒宁愿有一天，不管世人论及什么，是褒是贬，或对或错，都拿中国说事；那样，"中心"的方位自然而然就会有变化了。此前莫如细听那老教父的潜台词：若要不失判断，先不能让情绪乱了自己，所谓知己知彼，诚实是第一位的。

何谓诚实？见谁都一倾私密而后快吗？当然不能，也不必。诚实就像忏悔，根本是对准自己的。某些不光明、不漂亮、不好意思的事，或可对外隐瞒到底，却不能跟自己变戏法儿，一忽悠就看它没了。所以人要有独处的时间，以利反思、默问和自省。据说有人发明了一种药，人吃了精神百倍，夜以继日地"大干快上"也不觉困倦和疲劳，而且无损健康。但发明者一定是忘记了黑夜的妙用，那正是人自我面对或独问苍天的时候。那史写过一首小诗，拿来倒也凑趣——

黑夜有一肚子话要说 / 清晨却忘个干净 / 白昼疯狂扫荡 / 喷洒农药似的 / 喷洒光明。于是 / 犹豫变得剽悍 / 心肠变得坚硬 / 祈祷指向宝座 / 语言显露凶光…… / 今晚我想坐到天明 / 坐到月影消失 / 坐到星光熄灭 / 从万籁俱寂一直坐到 / 人声泛起。看看 / 白昼到底是怎样 / 开始发疯……

够不够得上诗另当别论。但黑夜的坦诚，确乎常被白昼的喧嚣所颠覆，正如天真的孩子，长大了却沾染一身"立场"。"立场"与"观点"和"看法"相近，原只意味着表达或陈述，后不知怎样一弄，竟成权柄，竟至要挟。"你什么观点？""你对此事怎么看？"——多么平和的问句，让人想起洒满阳光的课堂。若换成"你是什么立场？""你到底站在哪一边？"——便怎么听都像威胁，令人不由得望望四周与身后。我听见那史沉默中的回应——

对前者是力求详述，认真倾听，反复思考；对后者呢，客气的是"咱只求把问题搞搞清楚"，混账些的就容易惹事了："孙子哎，你丫管着吗！"不过呢，话粗理不粗，就事论事，有理说理，调查我立场干吗？要不要填写出身呢？"立场"一词，因"文革"而留下"战斗队"式的后遗症。不过，很可能其原初的创意就不够慎重——人除了站在地球上还能站在哪儿呢？故其明显是指一些人为勾画过的区域——国族、村镇，乃至帮帮派派。当然了，人家问的是思想——你的思想，立于何场？人类之场，博爱之场——但真要这么说，众多目光就会看你是没正经。那该怎么说呢？思想，难道不是大于国族或帮派？否则难道不是狭隘？思想的辽阔当属无边，此人类之一大荣耀；而思想的限制，盖出于自我。不是吗？思想只能是自己的思与想，即便有什么信奉，也是自思自想之后的选择。又因为自我的局限，思想所以是生于交流，死于捆绑——不管是自觉，还是被迫。一旦族同、党同、派同纷纷伐异，弃他山之石，灭异端之思，结果只能阉割了思想，谋杀了交流。故"立场"一经唱响，我撒腿（当然是轮椅）就跑，深知那儿马上就没有诚实了。

诚实，或已包含了善思。善美之思不可能不始于诚实，起点若就闹鬼，那蝴蝶的翅膀就不知会扇动出什么了。而不思不想者又很难弄懂诚实的重要，君不见欺人者常自欺？君不见傻瓜总好挑起拇指拍胸脯？诚实与善思构成良性循环，反之则在恨与傻的怪圈里振振有词。

索洛维约夫在《爱的意义》中说：做什么事都有天赋，信仰的天赋是什么呢？是谦卑。那么，善思的源头便是诚实。

比如问：你是怎样选择了你的信仰的？若回答说"没怎么想，随大流儿呗"，这信仰就值得担忧，没准儿恰就是常说的迷信。碰巧了这迷信不干坏事，那算你运气好，但既是盲从，就难保总能碰得那么巧。或者是，看这信仰能带来好处，所以投其门下？好处，没问题，但世上的好处总分两种：一是净化心灵，开启智慧；一种则更像投资，或做成个乱世的班头。所以，真正的信仰，不可不经由妥善的思考。

又比如问：人为什么要有信仰呢？不思者不予理会，未思者未免一惊，而善思者嘴上不说，心里也有回答：与这无边的存在相比，人真是太过渺小，凭此人智，绝难为生命规划出一条善美之路。而这，既是出于谦卑而收获的诚实，又是由于诚实而达到的谦卑。

所以我更倾向于认为，诚实与善思是互为因果的。小通科技者常信人定胜天，而大科学家中却多见有神论者，何故？就因为，前者是"身在此山中"，而后者已然走出群山，问及天际了。电视上曾见一幕闹剧：一位自称深谙科学的人物，请来一位据说精通"意念移物"的大师，一个说一个练。会练的指定桌上一支笔，佯做发功状，吸引住众人的视线，同时不动声色地嘘一口气，笔便随之滚动。会说的立刻予以揭穿："大家注意，他的嘴可没闲着！"会练的就配合着再来一回。会说的于是宣布胜利："明白了吧？这不是骗术是什么！"对呀，是骗术，可你是骗术就证明人家也是骗术？你是气儿吹的，人家就也得是？照此逻辑，小偷之所得为啥不能叫工资呢？幸好，科学已然证明了意念也具能量，是可以做功的！教训之一：不善思，也可以导致不诚实。教训之二：一个不诚实的，大可以忽悠一群不善思的。

那么诚实之后，善思，还需要什么独具的能力吗？当然。音乐家有精准的辨音力，美术家有非凡的辨色力，美食家有其更丰富的味觉受体，善思者则善于把问题分开更多层面。乱着层面的探讨难免会南辕北辙，最终弄成一锅糨糊。比如，你可以在种种不同的社会制度中辨其优劣，却不可以以佛祖的慈悲来要求任何政府。你可以让"范跑跑"跟雷锋比境界，却不能让其中任何一位去跟耶稣基督论高低。再比如跳高：张三在第一个高度（一米二〇）上三次失败，李四也是在第一个高度（一米九〇）上三次失败，你可以说他们一样都没成绩，却不能笼统地说二位并无差别。又比如高考：A 校有一百个被清华或北大录取，只一个名落孙山；B 校有一个考上了清华或北大，却有一百个没考上大学。如果有人说这两所学校其实一样，都有上了清华、北大的，也都有被拒大学门外的，你会觉得此人心智正常吗？倘此时又有人义正词严地问：难道，教育的优劣只靠升学率来判断吗？——好了，我们就有一个头脑混乱的鲜活范例了。

乱了层面，甚至会使人情绪化到不识好歹。比如，人称黄河是我们的母亲河，而后载歌载舞地赞美她，这心情谁都理解，但曾经黄水泛滥而今几度断流的黄河真还是那么美吗？你一准儿能听到这样的回答：在我们眼里她永远是最美的！理由呢是"儿不嫌母丑，狗不嫌家贫"。这就明显是昏话了，人有思想，凭啥跟狗比？再说了，"嫌"并不必然与"弃"相跟，嫌而不弃倒是爱的证明。喜欢，更可能激起对现成美物的占有欲，爱则意味着付出——让不美好的事物美好起来。母亲的美丑，没有谁比儿女更清楚，唯有那派"皇帝新衣"般的氛围让人不敢实话实说。麻烦的是外人来了，一瞧："哟，这家儿的老太太是怎么了？"儿女们再嘴硬，怕也要暗自神伤吧。但这才是爱了！不过，一味吃老子、喝老子的家伙们，也都是口口声声地"爱"；听说有个词叫"爱国贼"，料其不是空穴来风。

据说，女人三十岁以前要是丑，那怨遗传，三十岁以后还丑就得怨自己了——美，更在于风度。何为风度？诚实、坦荡、谦恭、智慧等等融为一体，而后流露的深远消息。不过你发现没有，这诸多品质中，诚实仍属首要？风度不像态度，态度可以弄假，风度只能流露。风度就像幽默，是装不来的，一装就不是流露而是暴露了——心里藏半点儿鬼，也会把眼神儿弄得离奇。可你看，罗丹的"思想者"，屈身弓背，却神情高贵；米洛的"维纳斯"，赤身断臂，却优雅端庄。那岂是临时的装点，那是锤炼千年的精神熔铸！倘有一天，黄河上激流澎湃，碧波千里，男人看她风情万种，女人看他风度翩翩！两岸儿女还要处心积虑地为她辩护吗？可能倒要挑剔了——美，哪有个止境？那时候，人们或许就能听懂一位哲人的话了：我们要维护我们的文化，但这文化的核心是，总能看到自身的问题。

有件事常让我诧异：为什么有人会担心写作的枯竭？有谁把人间的疑难全部看清，并一一处置停当了吗？真若这样，写作就真是多余；若非如此，写作又怎么会枯竭呢？正是一条无始无终的人生路引得人要写作，正因为这路上疑难遍布，写作才有了根由，不是吗？所以，枯竭的忧虑，当与其初始的蝴蝶相关。有位年纪不轻的朋友到处诉苦："写作是我生命的需要，可我已经来不及了。"这就奇怪，可有什么离开它就不能活的事（比如呼吸），会来不及吗？我便回想自己那只初始的蝴蝶。我说过：我的写作先是为谋生，再是为价值实现，而后却看见了生命的荒诞，荒诞就够了吗？所以一直混迹在写作这条路上。现在我常暗自庆幸：我的写作若停止在荒诞之前，料必早就枯竭了；不知是哪位仙人指路，教我谋生懂够，尤其不使价值与价格挂钩，而后我那只平庸的蝴蝶才扇动起荒诞的翅膀。荒诞，即见生命的疑难识之不尽、思之不竭；若要从中寻出条路来，只怕是有始而无终，怎么倒会"来不及"呢？

可我自己也有过"来不及"的担忧。在那只蝴蝶起飞之后不久，焦灼便告袭来，走在街上也神不守舍地搜索题材，睡进梦里也颠三倒四地构思小说；瞧人家满山遍野地奔跑尚且担心着枯竭，便想：我这连直立行走的特征也已丢失的人又凭什么？看人家智慧兼而长寿，壮健并且博识，就急：凭我这体格儿，这愚钝，这孤陋寡闻，会有什么结果等着我？可写作这东西偏又是急不出来的。心中惶恐，驱车地坛，扑面而来的是一片郁郁苍苍的寂静，是一派无人问津的空荒……"而雨，知道何时到来／草木恪守神约／于意志之外／从南到北绿遍荒原。"心便清醒了些：不是说重过程而轻结果吗？不是说，暂且拖欠下死神的追债，好歹先把这生命的来因去果看看清楚吗？你确认你要这样干吗？那就干吧，没人能告诉你结果。是呀，结果！最是它能让人四顾昏眩，忘记零度。

人写的历史往往并不可靠，上帝给人的位置却是"天不变，道亦不变"，所以要不断地回望零度。零度，最能让人的诚实——你看那走出伊甸的亚当和夏娃，目光中悲喜交加。零度，最是逼人的善思——你看那眺望人间的男人和女人，心中兼着惊恐与渴盼。每一个人的出生，或人的每一次出生，都在重演这样的零度——也许人的生死相继就是为了成全这样的回归吧？只是这回归，越来越快地就被时尚吞没。但就算虚伪的舞台已比比皆是，好的演员，也要看护好伊甸门前的初衷。否则，虚构只图悬念，夸张只为噱头，戏剧的特权都拿去恭维现实，散场之后你瞧吧，一群群全是笑罢去睡的观众。所以诚实不等于写实，诚实天空地阔，虽然剧场中常会死寂无声。而彻底的写实主义，你可主的是什么义？倒更像屈从现状的换一种说辞。

戏剧多在夜晚出演，这事值得玩味。只为凑观众的闲暇吗？莫如说是"陌生化"，开宗明义的"间离"：请先寄存起白昼的娇宠或昏迷，进入这夜晚的清醒与诚实，进入一向被冷落的另种思绪——

但你要听，以孩子的惊奇／或老人一样的从命／以放弃的心情／从夕光听到夜静。／在另外的地方／以不合要求的姿势／听星光全是灯火，遍野行魂／白昼的昏迷在黑夜哭醒。

尤其千百年前，人坐在露天剧场，四周寂暗围拢、头顶星光照耀，心复童真，便易看清那现实边缘亮起的神光，抑或鬼气。燠热悄然散去，软风抚摸肌肤，至燥气全无时，人已随那荒歌梦语忘情于天地……可以相信，其时上演的绝不止台上的一出戏，千万种台下的思绪其实都已出场，条条心流扶摇漫展，交叠穿缠，连接起相距万里的故土乡情，连接起时差千年的前世今生，或早已是魂赴乌有之域（譬如《去年在马里昂巴》）……那才叫魂牵梦绕，那才是"一切皆有可能"。可能之路断于白昼的谎言与假面，趋真之心便在黑夜里哭醒。"我们是相互交叉的／一个个宇宙／我们是分裂的／同一个神""生命之花在黑夜里开放／在星光的隙间，千遍万遍／讲述着爱的寓言""梦的花粉飞扬，在黎明／结出希望"……

写作，所以是始于诚实的思问，是面对空冥的祈祷，或就是以笔墨代替香火的修行。修行有什么秘诀神功吗？秘诀仍在诚实——不打诳语，神功还是善思——思之极处的别有洞天，人称"悟性"。

读书也是一样，不要多，要诚实；不在乎多，在乎善思。孩提之时，多被教导说，要养成爱读书的好习惯；近老之时才知，若非善思，这习惯实在也算不得太好。读而不思，自然省得出去惹事，但易养成夸夸其谈的毛病，说了一大片话而后不知所云。国人似乎更看重满腹经书，但有奇思异想，却多摇头——对未知之物宁可认其没有，对不懂之事总好斥为胡说。现在思想开放，常听人笑某些"知识分子"是"知道分子"；虽褒贬明确，却似乎位置颠倒。"道可道，非常道"，"君子爱财，取之有道"，"大道废，有仁义；智慧出，有大伪"，读书所求莫过知此"道"也。而知也知之，识也识之，偏不入道者，真是"白瞎了你这个人儿"。

我写过一种人的坏毛病，大家讨论问题，他总要挑出个厚道的对手来斥问："读过几本书呀，你就说话！"可问题是，读过几本书才能说话呢？有个标准没有？其实厚道的人心里都明白，这叫虚张声势。孔子和老子读过几本书呢？苏格拉底和亚里士多德读过几本书呢？那年月，书的数量本就有限吧。人类的发言，尤其发问，当在有书之前。先哲们先于书看见了生命的疑难，思之不解或知有不足，这才写书、读书、教书和解书，为的是交流——现在的话就是双赢——而非战胜。

读了一点刘小枫先生的书，才知道一件事：古圣贤们早有一门"隐微写作"的功夫，即刻意把某些思想写得艰涩难懂。这可是玩的什么花活？一点不花，就为把那些读而不思的人挡在门外，以免其自误误人。对肯于思考的人呢，则更利于他们自己去思去想，纳不过闷儿来的自动出局，读懂了的就不会乱解经文。可见，思考不仅是先于读书，而且是重于读书。"带着问题学"总还是对的，唯不必"立竿见影"。

于是我又弄懂了一件事：知识分子所以常令人厌倦，就因其自命博知，隔行隔山的也总好插个嘴。事事关心本不是坏品质，但最好是多思多问，万不可粗知浅尝就去插上一番结论，而后推广成立场让人去捍卫。不说别人，单那史就常让我尴尬，一个找不到工作只好去写小说的家伙，还啥都不服气；可就我所知，几十年来的社会重大事件，没有一回他能判断对的。这很添乱。其实所有的事，先哲们几乎都想过了，孰料又被些自以为是的人给缠瞎。可换个角度想，让这些好读书却又不善思想的人咋办呢，请勿插嘴？这恐怕很难，也很违背人权。几千年的路，说真的也是难免走瞎，幸好"江山代有才人出"，他们的工作就是把一团团乱麻择开，令我等迷途知返。返向哪里？柏拉图说要"爱智慧"，苏格拉底说"我唯一的知识就是我的无知"，而上帝说"我是道路"。有一天那史忽有所悟，揪住我说：嗨，像你我这样的庸常之辈，莫如以诚实之心先去看懂常识。

常识？比如说什么事？

就说眼下这一场拍卖风波吧。那对"鼠首""兔首"往那儿一摆，你先说说这是谁的耻辱？

倒要请教。

是掠夺者的耻辱呀！那东西摆在哪儿也是掠夺者的罪证，不是吗？

毫无疑问。

可怎么大家异口同声，都说是被掠夺者的耻辱呢？

这还是一百多年前的愚昧观念在作怪。那时候弱肉强食，公理不明，掠夺者耀武扬威，被掠夺者反倒自认耻辱。

可是今天，文明时代，谁还会这样认为呢？

是呀，是呀。文明，看掠夺才是耻辱。

那么欺骗呢？文明，看欺骗是什么？

…………

哈，你心虚了，你既想站在那位赢得拍品又不肯付钱者的立场上，却又明知那是欺骗！以欺骗反抗掠夺，不料却跟掠夺一起步入愚昧。

可那东西本来就是我们的，我们有权要求他们还回来！

但不是骗回来。不还，说明有人宁愿保留耻辱。可您这一骗，尚不知国宝回不回得来，耻辱，肯定是让您又给弄回来了。

嗯……行吧，至少可以算逻辑严密。还有什么事呢？

还有就是当前这场经济危机。所谓"刺激消费"，我真是看不懂。人有消费之需，这才要工作，要就业，此一因果顺序总不能颠倒过来吧？总不会说，人是为了"汗滴禾下土"，才去食那"粒粒盘中餐"的吧？总不会是说，种种消费，原是为了"锄禾日当午"，为了"出没风波里"，为了"心忧炭贱愿天寒"吧？倘此逻辑不错，消费又何苦请谁来刺激呢？需要的总归是需要，用不着谁来拉动；不需要的就是不需要，刻意拉动只会造成浪费。莫非闲来无事，只好去"伐薪烧炭南山中"，不弄到"两鬓苍苍十指黑"就不踏实？可"赤日炎炎似火烧"，"公子王孙"咋就知道"把扇摇"呢？

好吧好吧，你这个写小说的又来插经济一嘴了！

这毛病，请问到底是出在哪里？

这个嘛……诚实地说，俺也不知道。

您不是口口声声地"诚实与善思"吗？请就此事教我。

那就接着往下问吧，任何关节上都别自己忽悠自己，不要坚定立场，而要坚定诚实，就这样一直问下去，直至问无可问……

2008 年末

给小水的三封信

孤 独

孤独不好，孤独意味着自我封闭和满足。孤独感却非坏事，它意味着希望敞开与沟通，是向往他者的动能。以我的经验看，想象力更强、艺术感觉更敏锐的人，青春期的孤独感尤其会强烈；原因是他对未来有着更丰富的描绘与期待。

记得我在中学期间，孤独感也很强烈，但自己不知其名，社会与家人也多漠视，便只有忍耐。其实连忍耐也不意识，但确乎是有些惶然的心情无以诉说。但随着年龄增长，不知自何日始，却已不再恐慌。很可能是因为，渐渐了解了社会的本来面目，并有了应对经验——但这是次要的，根本是在于逐渐建立起了信念——无论是对自己所做之事，还是对生活本身。

那时我还不像你，对学习有着足够的兴趣，只是被动地完成着功课。所以，课余常就不知该干什么。有时去去阅览室，胡乱翻翻而已。美术老师倒挺看重我，去了几回美术组，还得到夸奖，却不知为什么后来也就不去。见别人兴致勃勃地去了田径队、军乐队、话剧队……心中颇有向往，但也不主动参加。申请参加，似乎是件不大好意思的事，但也不愿承认是不好意思，可到底是因为什么也不深问。然而心里的烦恼还在，于是，更多时候便只在清华园里转转。若有几个同学一块儿转还好，只是自己时，便觉心中、周围，乃至阴云下或阳光里都是空空落落，于是很想回家。可真要回到家，又觉无聊，家人也不懂你，反为家人的无辜又添歉意。其实自己也弄不懂自己，虽终日似有所盼，但具体是什么也不清楚。

到了"文革"，先是害怕（因为出身），后是逍遥（实为无所事事），心情依旧。同学都在读闲书，并津津乐道，我便也跟着读一些，但对经典还不理解，对历史或单纯的故事又没兴趣，觉得生活好生地没头没脑。

那时我家住在林学院，见院里一些跟我差不多大的孩子在打篮球，很想参加进去，但就是不敢跟人家说"也算我一个"，深恐自己技不如人（其实也未必），便只旁观。人家以为我不会，也就没人邀请我。没人邀请，看一会儿我就回家了。时间一长，就更加不敢申请加入。甚至到食堂去买饭我都发怵。我妈让我先去买好，等她下班来一起吃，我却捏着饭票在食堂门前转，等她来了再一块去买。真不知是为什么，现在也不知道，完全是一种莫名的恐惧。

十六到十八岁，此状尤甚。记得我妈带着你妈——那时她才三四岁——到邻居家玩去了，喊我去，我也不去——可能是因为，觉得跟些妇女一块混很不体面。她们都以为我在读书，其实我是独自闲待；在一间十几平方米的屋子里，一会坐，一会卧，一会想入非非，一会茫然张望窗外；仍不知这是怎么回事。烦恼，不过是后来的总结，当时也就那么稀里糊涂地过。

现在回想，我的第一本能是好胡思乱想，常独自想些浪漫且缥缈的事，想罢，现实还是现实，按部就班地过着。对这状态最恰当的形容是：心性尚属蒙昧未开——既觉无聊，又不知那就叫无聊；既觉烦恼，又不知烦恼何由；既觉想象之事物的美好，又不知如何实现，甚至不知那是可能实现的。至于未来，则想也没想过。现在才懂，那就叫"成长的烦恼"。身体在长大，情感在长大，想象与思考的能力都在长大，但还没能大到——比如说像弈棋高手那样——一眼看出许多步去，所以就会觉得眼前迷茫，心中躁动。就好比一个问题出现了，却还不能解答；就好像种子发芽了，但还不知能长成什么树；或就像刚刚走出家门，不知外界的条条道路都是通向哪儿，以及跟陌生的人群怎样相处；烦恼就是必然。如果只是棵树，也就容易，随遇而安呗。如果压根是块石头，大约也就无从烦恼，宇宙原本就是无边的寂寞。但是人，尤其还是个注重精神、富于想象的人，这世间便有了烦恼。人即烦恼——人出现了，才谈得上烦恼。佛家说"烦恼即菩提"，意思是：倘无烦恼，一切美好事物也就无从诞生。

想象力越是丰富、理想越是远大的人，烦恼必定越要深重。这便证明了理想与现实的冲突。现实注定是残缺的，理想注定是趋向完美。现实是常数，理想是变数。因而，没有冲突只能意味着没有理想，冲突越小意味着理想越低、越弱，冲突越强，说明理想越趋丰富、完美。善思考，多想象，是你的强项；问题是要摆清楚务虚与务实的位置，尤其要分清楚什么是你想做也能做的，什么是你想做却没有条件做的，什么是你不想做但必须得做的。只要处理得当，这——现实与理想的——冲突超强，创造力就超强。

所以，我看你从事艺术或思想方面的工作也许更合适。但不急，自始至终都是一条笔直而无废步的路是没有的。路是蹚出来的，得敢于去蹚。但话说回来，对每一步都认真、努力的人来说，是没有废步的，一时看不出作用，积累起来则指不定什么时候就有用，甚至有大用。况且，一切学习与思考的目的，并不都是为了可用，更是为了心灵的自我完善。

我能给你的建议只是：直面烦恼，认清孤独，而不是躲避它、拖延它。内心丰富的人，一生都要与之打交道；而对之过多的恐惧，只是青春期的特有现象。就像你，考试之前紧张，一进考场反倒镇静下来了。就像亚当、夏娃，刚出伊甸园，恐惧尤甚，一旦上路则别有洞天。要紧的是果敢地迈出第一步，对与错先都不管，自古就没有把一切都设计好再开步的事。记得有位大学问家说过这样的意思：别想把一切都弄清楚，再去走路；比如路上有很多障碍，将其清理到你能走过去就好，无须全部清除干净。鲁莽者要学会思考，善思者要克服的是犹豫。目的可求完美，举步之际则无须周全。就像潘多拉盒子，每一答案都包含更多疑问；走路也如是，一步之后方见更多条路。更多条路，又只能选其一条，又是不可能先把每条都探清后再决定走哪一条。永远都是这样，所以过程重于目的。当然，目的不可没有，但真正的目的在于人自身的完善。而完善，唯可于过程中求得。譬如《命若琴弦》。

舅舅

2007 年 10 月 18 日

恐 惧

孤独源于恐惧，还是恐惧源于孤独？从现实中看好像是互为因果，但从根上说，应该是恐惧源于孤独。就是说，人最初的处境是孤独，因为人都是以个体身份来到群体之中。你只能知道自己的愿望，却不知别人都在想什么，所以恐惧。恐惧，即因对他者的不知，比如一条从未走过的路，一座从未上过的山，一个或一群不相识的人。这恐惧的必然在于，无论是谁，都必然是以自己而面对他人，以知而面对不知，以有限而面对无限。可以断定，无此恐惧的倒是傻瓜。反过来说，这样的恐惧越深，说明想象越是丰富，关切越趋全面。比如说，把路想象得越是坎坷就越是害怕，把山想象得越是险峻就越会胆怯，把别人想象得越是优秀就越是不敢去接近。惯于这样想象的人，是天生谦卑的人。

谦卑，其实是一种美德。有位大哲说过：信仰的天赋是谦卑。谦卑而又善思的人，一定会想到"压根"和"终于"这两个词——我们压根是从哪儿来，我们终于能到哪儿去？换句话说：人生原本是为了什么？人又最终能够得到什么？——只有谦卑的人才可能这样问，自以为是的人只重眼前，通常是想不起这类问题的。甚至可以说，谦卑是一切美德的根本。唯有谦卑，可让人清醒地看待这个世界；唯有谦卑可通向信仰；唯有谦卑能够让人懂得，为什么尼采说爱命运者才是伟大的人。（关于"爱命运"的问题，以后再慢慢说。）

电视剧《士兵突击》你看了吗？士兵许三多总是说"人要做有意义的事"。人们问他什么是有意义？他说"有意义就是要好好活"。人们又问他，怎样才算是好好活呢？他说"好好活就是要做有意义的事"。看似可笑，循环论证，但他绝对是说出了一个根本真理——人最初的愿望一定是"要好好活"，而最终所能实现的，一定是由自己所确认的"有意义"。为什么？因为，以人之有限的智能，是不可能把世间一切都安排得尽善尽美的，而只可能向着尽善尽美的方向走。所以，只要是在走向你认为的"有意义"，就是"好好活"了，就是活好了；反过来说，为了活好，就要做自己确认是"有意义"的事。此外，还能怎样好好活呢？

不妨把许三多的话翻译得再仔细一点儿：事实上，没有谁不想好好活，然而，却非人人都能为自己树立一种意义，确信它，并不屈不挠地走向它。原因是，人常把外在的成功——比如名利——视为"有意义"。可是，首先，面对无限的外在，走到哪一步才算是成功了呢？其次，外在的成功，也可以靠不良手段去获取，但这还能算是"好好活"吗？

其实，从根本上说，什么是好，什么是善、是美，乃是一个自明的真理，不用教，谁心里都清楚。否则也就不能教，不能讨论，因为，倘无一个共同的坐标系——即善与恶、好与坏、美与丑的基本标准，人与人之间是根本没法儿说话的。有人以此来证明神的存在。

所以，只有内在的成功，才真正是"有意义"。何为内在的成功？我想，只要人确信自己是在努力地"好好活"，不断地完善自己，就是内在的成功。至于外在的成就有多大都无所谓，至于跟别人比是高还是低都可以忽略。你发现没有，一跟别人比，你就跑到外在去了？一怕外在，恐惧就来了，意义就值得怀疑了，脚下就乱了，不知道怎样才算是"好好活"了。

《士》中那个班长，让许三多做一个单杠动作，许三多总是数着数儿做，三十个已觉不易，便掉下杠来。班长说你数个屁数儿呀，只想着做动作！结果他做了三百三十三个。

　　佛家和道家都讲，要心无旁骛——即不受他人、他物，总之是一切外在因素的影响。啥意思？说的也就是：要抱紧自己心中的"好好活"，那本身就是"有意义"；要一心走向自己确认的"有意义"，这本身就是"好好活"。所以，许三多的话绝非循环论证，而是一个完美的自恰系统——你只有靠内在成功来确保意义，你只有在自己确认的意义中才能获取成功。

　　但是，谦卑的敌人是胆怯。不过呢，谦卑与胆怯常又是双胞胎。如何能够既保持住谦卑，又克服掉胆怯呢？真是挺难。但只有细想，你就会发现，谦卑又是内在的，从不跟别人比，而胆怯必定是因为又跑到外在去了——惧怕他者。爬山怕山高，走路恨路长，而面对他人则害怕被看不起——岂不是又跑到外在去了？所以，千万要保持住自我——这并非是说称王称霸或轻视他人，而是说，一切事，都以完善自我为目的。帮助他人也是为了完善自己，向别人讨教也是为了完善自己，爬山、行路、做题、交友，一切事都是为了完善自己，即便是遭人嘲笑，也一样能够从中完善自己。一旦太要面子，就又跑到外在去了——是以别人的目光在看自己。很多应该做的事，不想做，不敢做，这时只要想想我是为了完善自己，事情就好办多了。完善自己，当然不是为了满足虚荣，而是就像老财迷敛钱那样，一点一滴地壮大自己心灵、品德——如此，何怕之有？

其实，你的一切问题，都在于胆怯。其实我也是，一上讲台，看台下黑压压的全是人，脑袋里立刻一片空白。细究其因，还是因为跑到外在去了，生怕讲不好，落个名不符实的名声。有几次坐在台上，我忽然想到了这一点，心说去他妈的，只要讲的是我真心所想就行，于是立刻回归内在，便也滔滔不绝起来。交友也是一样，一怕，准就是想到了别人的目光和评价。我知道这事改起来难。本性总是比理性强大。但这不说明不应该去试试。为什么要试呢？为了自我完善：看看我能不能放下虚荣，不怕嘲笑（也未必就会遭到嘲笑），看看我的胆量，看看在我通常的弱项上能否有所改善。是呀，完全不怕几乎是不可能的；但是，怕着，也要去试试，视之为历练自己的一个步骤、完善自己的一步行动——我的经验，只要一这样想，就不那么害怕了，就什么都是可能的了。事后，果然有人嘲笑你的话，是自己错了自己长见识（又完善一步），是别人错了却还嘲笑你——你慢慢体会吧，这其实并不太难过。

舅舅

2007 年 11 月 8 日

最有用的事

以我的经验看，不管对什么人来说，也无论在什么局面下，有三件事是最重要的。第一是分析处境，做到"知己知彼"。所谓知己，即清楚自己想干什么，能干什么；知彼呢，就是要弄清楚外部条件允许你干什么，和要求你必须干什么。前者是估计了你的能力，而后设定的理想或愿望。后者则包括：你想干，或者也能干，但阻碍巨大到希望非常渺茫的事；以及你不想干，但必须干的事。也可以说，前者是目标，后者是为达到目标而铺路。

想干什么，直接就能干什么，世界上几乎没有这样的事；除非是在极偶然的情况下，运气又是出奇地好。好运气来了，当然要抓住它，但任何时候都不要指望它。任何时候都要立足于自己的清醒、决断和行动。

这就说到了第二件最重要的事：决断。即在"知己知彼"之后，要为自己做出决定。决定的要点在于，一旦确认方向，就不要再犹豫。正所谓"用人不疑，疑人不用"，决定也是这样，作决定时要谨慎、周全，一旦决定就不再怀疑，做到心无旁骛，切勿浅尝辄止。人们常说：成功就在"再坚持一下"之中。

第三件事叫作：开始。前两件事完成之后，就要立刻开始，万万不可拖延。拖延的最大坏处还不是耽误，而是会使自己变得犹豫，甚至丧失信心。不管什么事，

决定了，就立刻去做，这本身就能使人生气勃勃，保持一种主动和快乐的心情。

总而言之是三件事，或三个步骤：知己知彼→做出决定→立即行动。这三件事或三个步骤，不单对一时一事是最有用的，在人的一生中都是最有用的。

舅舅

2007 年 11 月 22 日

好运设计

　　要是今生遗憾太多，在背运的当儿，尤其在背运之后情绪渐渐平静了或麻木了，你独自待一会儿，抽支烟，不妨想一想来世。你不妨随心所欲地设想一下（甚至是设计一下）自己的来世。你不妨试试。在背运的时候，至少我觉得这不失为一剂良药——先可以安神，而后又可以振奋，就像输惯了的赌徒把屡屡的败绩置于脑后，输光了裤子也还是对下一局存着饱满的好奇和必赢的冲动。这没有什么不好。这有什么不好吗？无非是说迷信，好吧，你就迷信它一回。无非是说这不科学，行，况且对于走运和背运的事实，科学本来无能为力。无非说这是空想，这是自欺，这是做梦，没用。那么希望有用吗？希望是不是必得在被证明了是可以达到的之后才能成立？当然，这些差不多都是废话，背了运的时候哪想得起来这么多废话？背了运的时候只是想走运有多么好，要是能走运有多好。到底会有多好呢？想想吧，想想没什么坏处，干吗不想一想呢？我就常常这样去想，我常常浪费很多时间去做这样的蠢事。

我想，倘有来世，我先要占住几项先天的优越：聪明、漂亮和一副好身体。命运从一开始就不公平，人一生下来就有走运的和不走运的。譬如说一个人很笨，这该怨他自己吗？然而由此所导致的一切后果却完全要由他自己负责——他可能因此在兄弟姐妹之中是最不被父母喜爱的一个，他可能因此常受教师的斥责和同学们的嘲笑，他于是便更加自卑、更加委顿，饱受了轻蔑终也不知这事到底该怨谁。再譬如说，一个人生来就丑，相当丑，再怎么想办法去美容都无济于事，这难道是他的错误是他的罪过？不是，好，不是。那为什么就该他难得姑娘们的喜欢呢？因而婚事就变得格外困难，一旦有个漂亮姑娘爱上他却又赢得多少人的惊诧和不解，终于有了孩子，不要说别人就连他自己都希望孩子千万别长得像他自己。为什么就该他是这样呢？为什么就该他常遭取笑，常遭哭笑不得的外号，或者常遭怜悯，常遭好心人小心翼翼地对待呢？再说身体，有的人生来就肩宽腿长潇洒英俊（或者婀娜妩媚娉娉婷婷），生来就有一身好筋骨，跑得也快跳得也高，气力足耐力又好，精力旺盛，而且很少生病，可有的人却与此相反生来就样样都不如人。对于身体，我的体会尤甚。譬如写文章，有的人写一整天都不觉得累，可我连续写上三四个钟头眼前就要发黑。譬如和朋友们一起去野游，满心欢喜妙想联翩地到了地方，大家的热情正高雅趣正浓，可我已经累得只剩了让大家扫兴的份儿了。所以我真希望来世能有一副好身体。今生就不去想它了，只盼下辈子能够谨慎投胎，有健壮优美如卡尔·刘易斯一般的身材和体质，有潇洒漂亮如周恩来一般的相貌和风度，有聪明智慧如阿尔伯特·爱因斯坦一般的大脑和灵感。

　　既然是梦想不妨就让它完美些罢。何必连梦想也那么拘谨那么谦虚呢？我便如醉如痴并且极端自私自利地梦想下去。

　　降生在什么地方也是件相当重要的事。二十年前插队的时候，我在偏远闭塞的陕北乡下，见过不少健康漂亮尤其聪慧超群的少年。当时我就想他们要是生在一个恰当的地方他们必都会大有作为，无论他们做什么他们都必定成就非凡。但在那穷乡僻壤，吃饱肚子尚且是一件颇为荣耀的成绩，哪还有余力去奢想什么文化呢？所以他们没有机会上学，自然也没有书读，看不到报纸电视甚至很少看得到电影，他们完全不知道外面的世界是什么样子，便只可能遵循了祖祖辈辈的老路，日出而作日入而息，春种秋收夏忙冬闲，日复一日年复一年。光阴如常地流逝，然后他们长大了，娶妻生子成家立业，才华逐步耗尽变作纯朴而无梦想的汉子。然后，可以料到，他们也将如他们的父辈一样地老去，唯单调的岁月在他们身上留下注定的痕迹。而人为什么要活这一回呢？却仍未在他们苍老的心里成为问题。然后，他们恐惧着、祈祷着、惊慌着听命于死亡随意安排。再然后呢？再然后倘若那地方没有变化，他们的儿女们必定还是这样地长大、老去、磨钝了梦想，一代代去完成同样的过程。或许这倒是福气？或许他们比我少着梦想所以也比我少着痛苦？他们会不会也设想过自己的来世呢？没有梦想或梦想如此微薄的他们又是如何设想自己的来世呢？我不知道。我不知道。我只希望我的来世不要是他们这样，千万不要是这样。

那么降生在哪儿好呢？是不是生在大城市，生在个贵府名门就肯定好呢？父亲是政绩斐然的总统，要不是个家藏万贯的大亨，再不就是位声名赫赫的学者，或者父母都是不同寻常的人物，你从小就在一个备受宠爱备受恭维的环境中长大，呈现在你面前的是无忧无虑的现实，绚烂辉煌的前景，左右逢源的机遇，一帆风顺的坦途……不过这样是不是就好呢？一般来说这样的境遇也是一种残疾，也是一种牢笼。这样的境遇经常造就着蠢材，不蠢的概率很小，有所作为的比例很低，而且大凡有点儿水平的姑娘都不肯高攀这样的人；固然他们之中也有智能超群的天才，也有过大有作为的人物，也出过明心见性的悟者，但毕竟概率很小比例很低。这就有相当大的风险，下辈子务必慎重从事，不可疏忽大意不可掉以轻心，今生多舛来生再受不住是个蠢材了。

生在穷乡僻壤，有孤陋寡闻之虞，不好；生在贵府名门，又有骄狂愚妄之险，也不好。

生在一个介于此二者之间的位置上怎么样？嗯，可能不错。

既知晓人类文明的丰富璀璨，又懂得生命路途的坎坷艰难，这样的位置怎么样？嗯，不错。

既了解达官显贵奢华而危惧的生活，又体会平民百姓清贫而深情的岁月，这位置如何？嗯！不错，好！

既有博览群书并入学府深造的机缘，又有浪迹天涯独自在社会上闯荡的经历；既能在关键时刻得良师指点如有神助，又时时事事都要靠自己努力奋斗绝非平步青云；既饱尝过人情友爱的美好，又深知了世态炎凉的正常，故而能如罗曼·罗兰所说："看清了这个世界，而后爱它。"——这样的位置可好？好。确实不错。好虽好，不过这样的位置在哪儿呢？

在下辈子。在来世。只要是好，咱可以设计。咱不慌不忙仔仔细细地设计一下吧。我看没理由不这样设计一下。甭灰心，也甭沮丧，真与假的说道不属于梦想和希望的范畴，还是随心所欲地来一回"好运设计"吧。

你最好生在一个普通知识分子的家庭。

也就是说，你父亲是知识分子但千万不要是那种炙手可热过于风云的知识分子，否则，"贵府名门"式的危险和不幸仍可能落在你头上：你将可能没有一个健全、质朴的童年，你将可能没有一群浪漫无猜的伙伴，你将会错过唯一可能享受到纯粹的友情、感受到圣洁的忧伤的机会，而那才是童年，才是真正的童年。一个人长大了若不能怀恋自己童年的痴拙，若不能默然长思或仍耿耿于怀孩提时光的往事，当是莫大的缺憾，对于我们的"好运设计"，则是个后患无穷的错误。你应该有一大群来自不同家庭的男孩儿和女孩儿做你的朋友，你跟他们一块儿认真地吵架并且翻脸，然后一块儿哭着和好如初。把你的秘密告诉他们，把他们告诉给你的秘密对任何人也不说，你们订一个暗号，这暗号一经发出你们一个个无论正在干什么也得从家里溜出来，密谋一桩令大人们哭笑不得的事件。当你父母不在家的时候，随便找个理由把你的好朋友都叫来——比如说为了你的生日或为了离你的生日还差一个多月，你们痛痛快快随心所欲地折腾一天，折腾饿了就把冰箱里能吃的东西都吃光，然后继续载歌载舞地庆祝，直到不小心把你父亲的一件贵重艺术品摔成分文不值，你们的汗水于是被冻僵了一会儿，但这是个机会是你为朋友们献身的时刻，你脸色煞白但拍拍胸脯说这怕什么这没啥了不起，随后把朋友们都送走，你独自胆战心惊地策划一篇谎言（要是你家没有猫，你记住：邻居家不一定都没有猫）。你还可以跟你的朋友们一起去冒险，到一个据说最可怕的地方，比如离家很远的一片野地、一幢空屋、一座孤岛、孤岛上废弃的古刹、古刹四周阴森零落的荒冢……都是可供选择的地方，你从自己家的抽屉里而不要从别人家的抽屉里拿点儿钱，以备不时之需；你们瞒过父母，必要的话还得瞒过姐姐或弟弟；你们可以不带那些女孩子去，但如果她们执意要跟着也就别无选择，然后出发，义无反顾。把你的新帽子扯破了新鞋弄丢了一只这没关系，把膝盖碰出了血把白衬衫上洒了一瓶紫药水这没关系，作业忘记做了还在书包里装了两只活蛤蟆一只死乌鸦这都毫无关系，你母亲不会怪你，因为当晚霞越来越淡继而夜色越来越浓的时候，你父亲也沉不住气了，他正要动身去报案，你们突然都回来了，累得一塌糊涂但毕竟完整无缺地回来了，你母亲庆幸还庆幸不过来呢还会再存什么别的奢望吗？"他们回来啦，他们回来啦！"仿佛全世界都和平解放了，一群群平素威严的父亲都乖乖地跑出来迎接你们，同样多的一群母亲此刻转忧为喜光顾得摩挲你们的脸蛋和亲吻你们的脑门儿："你们这是上哪儿去了呀，哎哟天哪，你们还知道回来吗！"你就大模大样地躺在沙发上呼吃唤喝，"累死了，哎呀真是累死了！"你就这样，没问题，再讲点儿莫须有的惊险故事既吓唬他们也陶醉自己，你就得这样。只要这样，一切帽子、裤子、鞋、作业和书包、活蛤蟆以及死乌鸦，就都微不足道了。（等你长到我这样的年龄时，你再告诉他们那些惊险的故事都是你为了逃避挨揍而获得的灵感，那时你年老的父母肯定不会再补揍你一顿，而仍可能摩挲你的脸甚至吻你的脑门儿了。）但重要的是，这次冒险你无论如何得安全地回来——就像所有的戏剧还没打算结束时所需要的那样，否则接下去的好运就无法展开了。不错，你童年应该是这样的，就应该按照这样的思路去设计，一个幸运者的童年就得是这样。我的纸写不下了，待实施的时候应该比这更丰富多彩。比如你还可颇具分寸地惹一点儿小祸，一个幸运的孩子理应惹过一点儿小祸，而且理应遇到过一些困难，遇到过一两个骗子、一两个坏人、一两个蠢货和一两个不会发愁而很会说话的人。一个幸运的孩子应该有点儿野性。当然你的父亲是个地地道道的知识分子，因为一个幸运的人必须从小受到文化的熏陶，野到什么份上都不必忧虑但要有机会使你崇尚知识，之所以把你父亲设计为知识分子，全部的理由就在于此。

你的母亲也要有知识，但不要像你父亲那样关心书胜过关心你。也不要像某些愚蠢的知识妇女，料想自己功名难就，便把一腔希望全赌在了儿女身上，生了个女孩就盼她将来是个居里夫人，养了个男娃就以为是养了个小贝多芬。这样的母亲千万别落到咱头上，你不听她的话你觉得对不起她，你听了她的话你会发现她对不起你。她把你像幅名画似的挂在墙上后退三步眯起眼睛来观赏你，把你像颗话梅似的含在嘴里颠来倒去地品味你。你呢？站在那儿吱吱嘎嘎地折磨一把挺好的小提琴，长大了一想起小提琴就发抖，要不就是没日没夜地背单词背化学方程式，长大了不是傻瓜就是暴徒。你的母亲当然不是这样。有知识不是有文凭，你的母亲可以没有文凭。有知识不是被知识霸占，你的母亲不是知识的奴隶。有知识不能只是有对物的知识，而是得有对人的了悟。一个幸运者的母亲必然是一个幸运的母亲，一个明智的母亲，一个天才的母亲，她自打当了母亲她就得了灵感，她教育你的方法不是来自于教育学，而是来自她对一切生灵乃至天地万物由衷的爱，由衷的颤栗与祈祷，由衷的镇定和激情。在你幼小的时候她只是带着你走，走在家里，走在街上，走到市场，走到郊外，她难得给你什么命令，从不有目的地给你一个方向。走啊走啊你就会爱她，走啊走啊你就会爱她所爱的这个世界。等你长大了，她就放你到你想要去的地方。她深信你会爱这个世界，至于其他她不管，至于其他那是你的自由你自己负责。她只有一个愿望，就是你能常常回来，你能有时候回来一下。

在你两三岁的时候你就光是玩，成天就玩，别着急背诵《唐诗三百首》和弄通百位数以内的加减法，去玩一把没有钥匙的锁和一把没有锁的钥匙，去玩撒尿和泥，然后用不着洗手再去玩你爷爷的胡子。到你四五岁的时候你还是玩，但玩得要高明一点儿了，在你母亲的皮鞋上钻几个洞看看会有什么效果，往你父亲录音机里撒把沙子听听声音会不会更奇妙。上小学的时候，我看你门门功课都得上三四分就够了，剩下的时间去做些别的事，以便让你父母有机会给人家赔几块玻璃。一上中学尤其一上高中，所有的熟人几乎都不认识你了，都得对你刮目相看：你在数学比赛上得奖，在物理比赛上得奖，在作文比赛上得奖，在外语比赛上你没得奖但事后发现那不过是教师的一个误判。但这都并不重要，这些奖啊奖啊奖啊并不足以构成你的好运，你的好运是说你其实并没花太多时间在功课上。你爱好广泛，多能多才，奇想迭出，别人说你不务正业你大不以为然，凡兴趣所至仍神魂聚注若癫若狂。

你热爱音乐，古典的交响乐，现代的摇滚乐，温文尔雅的歌剧清唱剧，粗犷豪放的民谣村歌，乃至悠婉凄长的叫卖，孤零萧瑟的风声，温馨闲适的节日的音讯，你都听得心醉神迷，听得怆然而沉寂，听出激越和威壮，听到玄缈与空冥，你真幸运，生存之神秘注入你的心中使你永不安规守矩。

你喜欢美术，喜欢画作，喜欢雕塑，喜欢异彩纷呈的烧陶，喜欢古朴稚拙的剪纸，喜欢在渺无人迹的原野上独行，在水阔天空的大海里驾舟，在山林荒莽中跋涉，看大漠孤烟，看长河落日，看鸥鸟纵情翱飞，看老象坦然赴死，你从色彩感受生命，由造型体味空间，在线条上嗅出时光的流动，在连接天地的方位发现生灵的呼喊。你是个幸运的人因为你真幸运，你于是匍匐在自然造化的脚下，奉上你的敬畏与感恩之心吧，同时上苍赐予你不屈不尽的创造情怀。

你幸运得简直令人嫉妒，因为体育也是你的擅长。九秒九一，懂吗？两小时五分五十九秒，懂吗？就是说，从一百米到马拉松不管多长的距离没有人能跑得过你；两米四五，八米九一，知道这是什么意思吗？就是说没人比你跳得高也没人比你跳得远；突破二十三米、八十米、一百米，就是说，铅球也好铁饼也好标枪也好，在投掷比赛中仍然没有你的对手。当然这还不够，好运气哪有个够呢？差不多所有的体育项目你都行：游泳、滑雪、溜冰、踢足球、打篮球，乃至击剑、马术、射击，乃至铁人三项……你样样都玩得精彩、洒脱、漂亮。你跑起来浑身的肌肤像波浪一样滚动，像旗帜一般飘展；你跳起来仿佛土地也有了弹性，空中也有着依托，你披波戏水，屈伸舒卷，鬼没神出；在冰原雪野，你翻转腾挪，如风驰电掣；生命在你那儿是一个节日，是一个庆典，是一场狂欢……那已不再是体育了，你把体育变得不仅仅是体育了，幸运的人，那是舞蹈，那是人间最自然最坦诚的舞蹈，那是艺术，是上帝选中的最朴实最辉煌的艺术形式。这时连你在内，连你的肉体你的心神，都是艺术了，你这个幸运的人，世界上最幸运的人，偏偏是你被上帝选作了美的化身。

接下来你到了恋爱的季节。你十八岁了，或者十九或者二十岁了。这时你正在一所名牌大学里读书，读一个最令人仰慕的系最令人敬畏的专业，你读得出色，各种奖啊奖啊又闹着找你。现在你的身高已经是一米八八，你的喉结开始突起，嘴唇上开始有了黑色但还柔软的胡须，就是在这时候你的嗓音开始变得浑厚迷人，就是在这时候你的百米成绩开始突破十秒，你的动静坐卧举手投足都流溢着男子汉的光彩……总之，由于我们已经设计过的诸项优点或者说优势，明显地追逐你的和不露声色地爱慕着你的姑娘们已是成群结队，你经常在教室里看见她们异样的目光，在食堂里听出她们对你喊喊嚓嚓的议论，在晚会上她们为你的歌声所倾倒，在运动会上她们被你的身姿所激动而忘情地欢呼雀跃，但你一向只是拒绝，拒绝，婉言而真诚地拒绝，善意而巧妙地逃避，弄得那些自命不凡的姑娘们委屈地流泪。但是有一天，你在运动场上正放松地慢跑，你忽然看见一个陌生的姑娘也在慢跑，她的健美一点儿不亚于你，她修长的双腿和矫捷的步伐一点儿不亚于你，生命对她的宠爱、青春对她的慷慨这些绝不亚于你，而她似乎根本没有发现你，她顾自跑着目不斜视，仿佛除了她和她的美丽这世界上并不存在其他东西，甚至连她和她的美丽她也不曾留意，只是任其随意流淌，任其自然地涌荡。而你却被她的美丽和自信震慑了，被她的优雅和茁壮惊呆了，你被她的倏然降临搞得心神恍惚手足无措。（我们同样可以为她也做一个"好运设计"，她是上帝的一个完美的作品，为了一个幸运的男人这世界上显然该有一个完美的女人，当然反过来也是一样。）于是你不跑了，伏在跑道边的栏杆上忘记了一切，光是看她。她跑得那么轻柔，那么从容，那么飘逸，那么灿烂。你很想冲她微笑一下向她表示一点儿敬意，但她并不给你这样的机会，她跑了一圈又一圈却从来没有注意到你，然后她走了。简单极了，就是说她跑完了该走了，就走了。就是说她走了，走了很久而你还站在原地。就是说操场上空空旷旷只剩了你一个人，你头一回感到了惆怅和孤单——她不知道你是谁，你也不知道她从哪儿来。但你把她记在了心里。但幸运之神依然和你在一起。此后你又在图书馆里见到过她，你费尽心机总算弄清了她在哪个系。此后你又在游泳池里见到过她，你拐弯抹角从别人那儿获悉了她的名字。此后你又在滑冰场上见到过她，你在她周围不露声色地卖弄你的千般技巧万种本事，终于引起了她的注意。此后你又在朋友家里和她一起吃过一次午饭（你和你的朋友为此蓄谋已久），这下你们到底算认识了，你们谈了很多，谈得融洽而且热烈。此后不是你去找她，就是她来找你，春夏秋冬春夏秋冬，不是她来找你就是你去找她，春夏秋冬……总之，总而言之，你们终成眷属。你是一个幸运的人——至少我们的"好运设计"是这样说的——所以你万事如意。

也许你已经注意到了，我们的"好运设计"至此显得有些潦草了。是的。不过绝不是我们无能把它搞得更细致、更完善、更浪漫、更迷人，而是我忽然有了一点儿疑虑，感到了一点儿困惑，有一道淡淡的阴影出现了并正在向我们靠近，但愿我们能够摆脱它，能够把它消解掉。

阴影最初是这样露头的：你能在一场如此称心、如此顺利、如此圆满的爱情和婚姻中饱尝幸福吗？也就是说，没有挫折，没有坎坷，没有望眼欲穿的企盼，没有撕心裂肺的煎熬，没有痛不欲生的痴癫与疯狂，没有万死不悔的追求与等待，当成功到来之时你会有感慨万端的喜悦吗？在成功到来之后还会不会有刻骨铭心的幸福？或者，这喜悦能到什么程度？这幸福能被珍惜多久？会不会因为顺利而冲淡其魅力？会不会因为圆满而阻塞了渴望，而限制了想象，而丧失了激情，从而在以后漫长的岁月中是遵从了一套经济规律、一种生理程序、一个物理时间，心路却已荒芜，然后是腻烦，然后靠流言蜚语排遣这腻烦，继而是麻木，继而用插科打诨加剧这麻木——会不会？会不会是这样？地球如此方便如此称心地把月亮搂进了自己的怀中，没有了阴晴圆缺，没有了潮汐涨落，没有了距离便没有了路程，没有了斥力也就没有了引力，那是什么呢？很明白，那是死亡。当然一切都在走向那里，当然那是一切的归宿，宇宙在走向热寂。但此刻宇宙正在旋转，正在飞驰，正在高歌狂舞，正借助了星汉迢迢，借助了光阴漫漫，享受着它的路途，享受着坍塌后不死的沉吟，享受着爆炸后辉煌的咏叹，享受着追寻与等待，这才是幸运，这才是真正的幸运，恰恰死亡之前这波澜壮阔的挥洒，这精彩纷呈的燃烧才是幸运者得天独厚的机会。你是一个幸运者，这一点你要牢记。所以你不能学那凡夫俗子的梦想，我们也不能满意这晴空朗日水静风平的设计。所谓好运，所谓幸福，显然不是一种客观的程序，而完全是心灵的感受，是强烈的幸福感罢了。幸福感，对了。没有痛苦和磨难你就不能强烈地感受到幸福，对了。那只是舒适只是平庸，不是好运不是幸福，这下对了。

现在来看看，得怎样调整一下我们的"设计"，才能甩掉那不祥的阴影，才能远远离开它。也许我们不得不给你加设一点儿小小的困难，不太大的坎坷和挫折，甚至是一些必要的痛苦和磨难，为了你的幸福不致贬值我们要这样做，当然，会很注意分寸。

仍以爱情为例。我们想是不是可以这样：一开始，让你未来的岳父岳母对你们恋爱持反对态度，他们不大看得上你，包括你未来的大舅子、小姨子、大舅子的夫人和小姨子的男朋友等等一干人马都看不上你。岳父说要是这样他宁可去死。岳母说要是这样她情愿少活。大舅子于是奉命去找了你们单位的领导说你破坏了一个美满的家庭。小姨子流着泪劝她的姐姐三思再三思，爹有心脏病娘有高血压。岳父便说他死不瞑目。岳母说她死后做鬼也不饶过你们。你是个幸运的人你真没看错那个姑娘，她对你一往情深始终不渝，她说与其这样不如她先于他们去死，但在死前她有必要提个问题："请问他哪点儿不好呢？"不仅这姑娘的父母无言以对，就连咱们也无以作答，按照已有的设计，你好像没有哪点儿不好，你简直无懈可击，那两个老人倘不是疯子不是傻瓜不是心理变态，他们为什么会反对你成为他们的女婿呢？故对此得做一点儿修改，你不能再是一个完人，你得至少有一个弱点，甚至是一种很要紧的缺欠，一种大凡岳父母都难以接受的缺欠。然后你在爱情的鼓舞下，在那对蛮横老人颇合逻辑的蔑视的刺激下，痛下决心破釜沉舟发愤图强历尽艰辛终于大功告成终于光彩照人终于震撼了那对老人，令他们感动令他们愧悔于是心悦诚服地承认了你这个女婿，使你热泪盈眶欣喜若狂忽然发现天也是格外的蓝地球也是出奇的圆柔情似水佳期如梦幸福地久天长……是不是得这样呢？得这样。大概是得这样。

什么样的缺欠呢？你看给你设计什么样的缺欠比较

适合？

笨？不不，这不行，笨很可能是一件终生的不幸，几乎不是努力可以根本克服的，此一点应坚决予以排除。

丑呢？不，丑也不行，丑也是无可挽回的局面，弄不好还会殃及后代，不行，这肯定不行。

无知呢？行不行？不，这比笨还不如，绝对的（或相当严重的）无知与白痴没有什么区别；而相对的无知又不是一项缺欠，我们每个人都是这样。

你总得做一点儿让步嘛。譬如说木讷一点儿，古板一点儿行吗？缺乏点儿活力，缺乏点儿朝气，缺乏点儿个性，缺乏点儿好奇心，譬如说这样，行吗？噢，你居然还在问"行吗"，再糟糕不过！接下来你会发现你还缺乏勇气，缺乏同情，缺乏感觉，遇事永远不会激动，美好不能使其赞叹，丑恶也不令其憎恶，你既不懂得感动也不懂得愤怒，你不怎么会哭又不大会笑，这怎么能行？你还是活的吗？你还能爱吗？你还会为了爱而痛苦而幸福吗？不行。

那么狡猾一点儿可以吗？狡猾，唉，其实人们都多多少少地有那么一点儿狡猾，这虽不是优点但也不必算作缺点，凡要在这世界上生存下去的种类，有点儿狡猾也是在所难免。不过有一点需要明确：若是存心算计别人、不惜坑害别人的狡猾可不行，那样的人我怕大半没什么好下场。那样的人同样也不会懂得爱（他可能了解性，但他不懂得爱，他可能很容易猎获性器的快感，但他很难体验性爱的陶醉，因为他依靠的不是美的创造而仅仅是对美的赚取），况且这样的人一般来说都没有什么真正的才华和魅力，否则也无需选用了狡猾。不行。无论从哪个角度想，狡猾都不行。

要不，有一点儿病？噢老天爷，千万可别，您饶了我吧，无论如何帮帮忙，下辈子万万不能再有病了，绝对不能。咱们辛辛苦苦弄这个"好运设计"因为什么您知道不？是的您应该知道，那就请您再别提病，一个字也别提。

只是有一点儿小病呢？小病也不行，发烧感冒拉肚子？不不，这没用，有点儿小病不构成对什么人的威胁，也不能如我们所期望的那样最终使你的幸福加倍，有也是白有。但绝不是说你没病则已，有就有它一种大病，不不！绝没有这个意思；你必须要明白，在任何有期徒刑（注意：有期）和有一种大病之间，要是你非得做出选择不可的话，你要选择前者，前者！对对，没有商量的余地。

要是你得了一种大病，别急，听我说完，得了一种足以使你日后的幸福升值的大病，而这病后来好了，这怎么样？唔，这倒值得考虑。你在病榻上躺了好几年，看见任何一个健康的人你都羡慕，你想你是他们中间的任何一个你都知足，然后你的病好了，完好如初，这怎么样？说下去。你本来已经绝望了，你想即便不死未来的日子也是无比黯淡，你想与其这样倒不如死了痛快，就在这时你的病情突然有了转机。说下去。在那些绝望的白天和黑夜，你祷告许愿，你赌咒发誓，只要这病还能好，再有什么苦你都不会觉得苦再有什么难你都不会觉得难，默默无闻呀，一贫如洗呀，这都有什么关系呢？你将爱生活，爱这个世界，爱这个世界上所有的人……这时，就在这时奇迹发生了，一个奇迹使你完全恢复了健康，你又是那么精力旺盛健步如飞了。这样好不好？好极了，再往下说。你本来想只要还能走就行，可你现在又能以九秒九一的速度飞跑了；你本来想只要再能跳就好了，可你现在又可以跳过两米四五了；你本来想只要还能独立生活就够了，可现在你的用武之地又跟地球一样大了；你本来想只要还能算个人不至于把谁吓跑就谢天谢地了，可现在喜欢你的好姑娘又是数不胜数铺天盖地而来了。往下说呀，别含糊，说下去。当然你痴心不改——这不是错误，大劫大难之后人不该失去锐气，不该失去热度，你镇定了但仍在燃烧，你平稳了却更加浩荡，你依然爱着那个姑娘爱得山高海深不可动摇，这时候你未来的老丈人老丈母娘自然也不会再反对你们的结合了，不仅不反对而且把你看做是他们的光彩是他们的荣耀是他们晚年的福气是他们九泉之下的安慰。此刻你是多么幸福，你同你所爱的人在一起，在蓝天阔野中跑，在碧波白浪中游，你会是怎样的幸福！现在就把前面为你设计的那些好运气都搬来吧，现在可以了，把它们统统搬来吧，劫难之后失而复得，现在你才真正是一个幸福的人了。苦尽甜来，对，这才是最为关键的好运道。

苦尽甜来，对，只要是苦尽甜来其实怎么都行，生生病呀，失失恋呀，要要饭呀，挨挨揍呀（别揍坏了），被抄抄家呀，坐坐冤狱呀，只要能苦尽甜来其实都不是坏事。怕只怕苦也不尽，甜也不来。其实都用不着甜得很厉害，只要苦尽也就够了。其实都用不着什么甜，苦尽了也就很甜了。让我们为此而祈祷吧。让我们把这作为一条基本原则，无论如何写进我们的"好运设计"中去吧，无论如何安排在头版头条。

问题是，苦尽甜来又怎样呢？苦尽甜来之后又当如何？哎哟，那道阴影好像又要露头。苦尽甜来之后要是你还没死，以后的日子继续怎样过呢？我们应当怎样继续为你设计好运呢？好像问题还是原来的问题，我们并没能把它解决。当然现在你可以不断地忆苦思甜，不断地知足常乐，我们也完全可以把你以后的生活设计得无比顺利，但这样下去我们是不是绕了一圈又回到那不祥的阴影中去了？你将再没有企盼了吗？再没有新的追求了吗？那么你的心路是不是又在荒芜，于是你的幸福感又要老化、萎缩、枯竭了呢？是的，肯定会是这样。幸福感不是能一次给够的，一次幸福感能维持多久这不好计算，但日子肯定比它长，比它长的日子却永远要依靠着它。所以你不能失去距离，不能没有新的企盼和追求，你一时失去了距离便一时没有了路途，一时没有了企盼和追求便一时失去了兴致和活力，那样我们势必要前功尽弃，那道阴影必不失时机地又用无聊、用乏味、用腻烦和麻木来纠缠你，来恶心你，同时葬送我们的"好运设计"。当然我们不会答应。所以我们仍要为你设计新的距离，设计不间断的企盼和追求。不过这样你就仍然要有痛苦，一直要有。是的是的，一时没有了痛苦的衬照便一时没有了幸福感。

真抱歉，我们没想到会是这样。我们一向都是好意，想使你幸福，想使你在来世频交好运，没想到竟还得不断地给你痛苦。那道讨厌的阴影真是把咱们整惨了。看看吧，看看是否还有办法摆脱它。真对不起，至少我先不吹牛了，要是您还有兴趣咱们就再试试看，反正事已至此，我想也不必草草率率地回心转意，看在来世的分上，就再试试吧。

看来，在此设计中不要痛苦是不大可能了。现在就只剩下了一条路：使痛苦尽量小些，小到什么程度并没有客观的尺度，总归小到你能不断地把它消灭就行了。就是说，你能够不断地克服困难，你能够不断地跨越距离，你能够不断地实现你的愿望，这就行了。痛苦可以让它不断地有，但你总是能把它消灭，这就行了，这样你就巧妙地利用了这些混账玩意儿而不断地得到幸福感了。只要这样行了，接下来的事由我们负责。我们将根据以上要求为你设计必要的才能、必要的机运、必要的心理素质、意志品质，以及必要的资金、器械、设施、装备，乃至大夫护士、贤妻良母、孝子乖孙等等一系列优秀的后勤服务。总之，这些我们都能为你设计，只要一个人永远是个胜利者这件事是可能的，只要这样，我们的"好运设计"就算成了。只好也就这样了，这样也就算成了。

不过，这是不是可能的？你见没见过永远的胜利者？好吧，没见过并不说明这是不可能的，没见过的我们也可以设计。你，譬如说你就是一个永远的胜利者，那么最终你会碰见什么呢？死亡。对了，你就要碰见它，无论如何我们没法使你不碰见它，不感到它的存在，不意识到它的威胁。那么你对它有什么感想？你一生都在追求，一直都在胜利，一向都是幸福的，但当死亡来临的时候你想你终于追求到了什么呢？你的一切胜利到底都是为了什么呢？这时你不沮丧，不恐惧，不痛苦吗？你就像一个被上帝惯坏了的孩子，从来不知道什么叫失败，从来没遭遇过绝境，但死神终于驾到了，死神告诉你这一次你将和大家一样不能幸免，你的一切优势和特权（即那"好运设计"中所规定的）都已被废黜，你只可俯首帖耳听凭死神的处置。这时候你必定是一个最痛苦的人，你会比一生不幸的人更痛苦（他已经见到了的东西你却一直因为走运而没机会见到），命运在最后跟你算总账了（它的账目一向是收支平衡的），它以一个无可逃避的困境勾销你的一切胜利。它以一个不容置疑的判决报复你的一切好运，最终不仅没使你幸福反而给你一个你一直有幸不曾碰到的——绝望。绝望，当死亡到来之际这个绝望是如此的货真价实，你甚至没有机会考虑一下对付它的办法了。

怎么办？你怎么办？我们怎么办？你说事情不会是这样，你的胜利依旧还是胜利，它会造福于后人；你的追求并没有白费，它将为后人铺平道路；而这就是你的幸福，所以你不会沮丧不会痛苦你至死都会为此而感到幸福。这太好了，一个真正的幸运者就应该有这样的胸怀有如此高尚的情操——让我们暂时忘记我们只是在为自己设计好运吧，或者让我们暂时相信所有的人都能够享受有同样的好运吧——一个幸运者只有这样才能最终保住自己的好运，才能使自己最终得享平安和幸福。但是——但是！就算我们没有发现您的不诚实，一个如您这般聪明高尚的人总该知道您正在把后人的路铺向哪儿吧？铺到哪儿才算成功了呢？铺到所有的人都幸福都没了痛苦的地方？那么他们不是又将面对无聊了吗？当他们迎候死亡时不是就不能再像您这样，以"为后人铺路"而自豪而高尚而心安理得了吗？如果终于不能使所有的人都幸福都没了痛苦，您的高尚不就成了一场骗局您的胜利又怎么能胜得过阿Q呢？我们处在了两难的境地。如果您再诚实点儿，事情可能会更难办：人类是要消亡的，地球是要毁灭的，宇宙在走向热寂。我们的一切聪明和才智、奋斗和努力、好运和成功到底有什么价值？有什么意义？我们在走向哪儿？我们再朝哪儿走？我们的目的何在？我们的欢乐何在？我们的幸福何在？我们的救赎之路何在？我们真的已经无路可走真的已入绝境了吗？

是的，我们已入绝境。现在就是对此不感兴趣都不行了，你想糊弄都糊弄不过去了，你曾经不是傻瓜你如今再想是也晚了，傻瓜从一开始就不对我们这个设计感兴趣。而你上了贼船，这贼船已入绝境，你没处可退也没处可逃。情况就是这样。现在我们只占着一项便宜，那就是死神还

我们的救赎之路何在？我们真
的已经无路可走真的已入绝境了吗？

没驾到，我们还有时间想想对付绝境的办法，当然不是逃跑，当然你也跑不了。其他的办法，看看，还有没有。

　　过程。对，过程，只剩了过程。对付绝境的办法只剩它了。不信你可以慢慢想一想，什么光荣呀，伟大呀，天才呀，壮烈呀，博学呀，这个呀那个呀，都不行，都不是绝境的对手，只要你最最关心的是目的而不是过程你无论怎样都得落入绝境，只要你仍然不从目的转向过程你就别想走出绝境。过程——只剩了它了。事实上你唯一具有的就是过程。一个只想（只想！）使过程精彩的人是无法被剥夺的，因为死神也无法将一个精彩的过程变成不精彩的过程，因为坏运也无法阻挡你去创造一个精彩的过程，相反你可以把死亡也变成一个精彩的过程，相反坏运更利于你去创造精彩的过程。于是绝境溃败了，它必然溃败。你立于目的的绝境却实现着、欣赏着、饱尝着过程的精彩，你便把绝境送上了绝境。梦想使你迷醉，距离就成了欢乐；追求使你充实，失败和成功都是伴奏；当生命以美的形式证明其价值的时候，幸福是享受，痛苦也是享受。现在你说你是一个幸福的人你想你会说得多么自信，现在你对一切神灵鬼怪说谢谢你们给我的好运，你看看谁还能说不。

过程！对，生命的意义就在于你能创造这过程的美好与精彩，生命的价值就在于你能够镇静而又激动地欣赏这过程的美丽与悲壮。但是，除非你看到了目的的虚无你才能够进入这审美的境地，除非你看到了目的的绝望你才能找到这审美的救助。但这虚无与绝望难道不会使你痛苦吗？是的，除非你为此痛苦，除非这痛苦足够大，大得不可消灭大得不可动摇，除非这样你才能甘心从目的转向过程，从对目的的焦虑转向对过程的关注，除非这样的痛苦与你同在，永远与你同在，你才能够永远欣赏到人类的步伐和舞姿，赞美着生命的呼喊与歌唱，从不屈获得骄傲，从苦难提取幸福，从虚无中创造意义，直到死神和天使一起来接你回去，你依然没有玩够，但你却不惊慌，你知道过程怎么能有个完呢？过程在到处继续，在人间、在天堂、在地狱，过程都是上帝的巧妙设计。

但是我们的设计呢？我们的设计是成功了呢还是失败了？如果为了使你幸福，我们不仅得给你小痛苦，还得给你大痛苦，不仅得给你一时的痛苦，还得给你永远的痛苦，我们到底帮了你什么忙呢？如果这就算好运，我，比如说我——我的名字叫史铁生，这个叫史铁生的人又有什么必要弄这么一份"好运设计"呢？也许我现在就是命运的宠儿？也许我的太多的遗憾正是很有分寸的遗憾？上帝让我终生截瘫就是为了让我从目的转向过程，所以有那么一天我终于要写一篇题为《好运设计》的散文，并且顺理成章地推出了我的好运？多谢多谢。可我不，可我不！我真是想来世别再有那么多遗憾，至少今生能做做好梦！

　　我看出来了——我又走回来了，又走到本文的开头去了。我看出来了，如果我再从头开始设计我必然还是要得到这样一个结尾。我看出来了，我们的设计只能就这样了。我不知道怎么办了，不知道还能怎么办。上帝爱我！——我们的设计只剩这一句话了，也许从来就只有这一句话吧。

1990 年

足球内外

一

从电视里看足球，好处是局部争夺看得清楚，球星们的眉目也真切，坏处是只见局部，此局部切换到彼局部，看不出阵形，不知昌盛之外藏了什么腐败，或平淡的周围正积酿着怎样的激情，更要紧的是欣赏欲望被摄像师的趣味控制，形同囚徒，只可在二十英寸的一方小窗中偷看风云变幻。很想再身临实地去看一回。上一回去体育场看足球是二十多年前了，那时腿还未残。

桑普多利亚队二次来京时，朋友们把我抬进了体育场。去之前心里忐忑，怕人家不让轮椅进，倒去平白葬送一个快乐的晚上。这担心是多余了，守门人把我看了一会儿，便亲自为我开道。朋友们抬轿似的抬我上楼梯时，一群年轻球迷竟冲我鼓掌，喊："行嘿哥们儿，有您这样儿的，咱中国队非赢不可！"

体育场里不认得了。过去的印象是除去一坪绿草蓬勃鲜明，四周则密麻麻灰压压都是规规矩矩的看客，自由唯不谨慎时才有所泄露。现在呢，球场就像盛装的舞台，观众席上五彩缤纷旗幡涌动，呐喊声、歌声、喇叭声……沸反盈天。第一个感受是，观众不再仅仅是观众，此乃一场巨型卡拉OK。

第二个感受是，"同志"这个渐渐消逝着的词儿于此无声地再现光辉。此处的人群与别处的人群大不相同，虽摩肩接踵难免磕磕碰碰，但进攻式的粗鲁没有，防御式的客气也没有，认识不认识的都像是相知已久，你一掏烟他就点火，甭谢，相互默契，然后开侃。侃的当然都是足球，侃者或儒雅或狂放，却都不把球场外的身份带进来，这儿只承认球迷的一份尊严与平等。是球迷吗？行，好样儿的，一家人，"先生""小姐"都太生分，是同志。虽"同志"二字并不发声，但我感到在人们未及发觉的心底，正是存在着这两个字。也许，"同志"一词原就是由这样的情境产生。这让我想起一九七六年地震时的情景，因为灾难的平等，使人间的等级隔膜一时消退，震后大家都曾怀念震时的人际关系，遗憾那样的美好何以不能长久。

二

那时是因为灾难一视同仁，现在呢？现在是因为真正的欢乐也须如此。狂欢，唯一视同仁才可能，唯期冀自由和庆贺平等的时刻才有狂欢。

我不大看得见绿草坪上正在进行的比赛，因为至少有八十分钟人们是站着看的，激动的情绪使他们坐不下来，所有的座位都像是装了弹簧，往下一坐就反弹起来。前面的一对年轻恋人不断回头向我表示歉意，就像狂欢的队伍时而也注意一下路边掉队的老人，但是没办法，盛典正是如火如荼我们不能不跟随着去呀。我表示理解。我也很满足。我坐在人群背后专心倾听，狂欢是可以听的，以听的方式加入狂欢。

人们谈论着，赞美着，笑着和骂着……我听出多数人并不怎么懂足球，或者说并不像教练员和裁判员们那样懂足球，但他们懂得那不仅仅是足球，那更是狂欢，技术和战术都是次要的，一坪绿草上正在演出的是如祭祀一般的仪式！黑衣裁判仿佛祭司，飞来飞去的皮球如同祭器，满场奔跑着的球员是诸神的化身，四周的人群呢，是唱诗班，是一路朝拜而来的信徒或众生。所以你不能仅仅是看客，你来了是来参加的。所以不能单是看，更要听，用心领悟，人们如醉如痴是因为听到了比球场更为辽阔的世界，和比九十分钟更为悠久的历史，听到了这仪式所象征的人的无边梦想，于是还要呼喊，还要吹响喇叭，还要手舞足蹈，以便一向要遏制或管束我们的命运之神能够为之感动，至于他感动了之后会赐给我们什么好处倒不是这呼喊所关心的，给或者不给那都一样，给或者不给，无边的梦想总要表达总要流传。

人需要狂欢，尤其今天。现代生活令人紧张，令人就范，常像让狼追着，没头苍蝇似的乱撞，身体拥挤心却隔离，需要有一处摆脱物欲、摆脱利害、摈弃等级、吐尽污浊、普天同庆的地方。人们选择了足球场，平凡的日子里只有这儿能聚拢这么多人，数万人从四面八方走来一处便令人感动，让人感受到一种象征，就像洛杉矶奥运会时的一首歌中所唱：We are the world。而在这世界上，当灾难休闲或暂时隐藏着，唯狂欢可聚万众于一心，于是那首歌接着唱道：We are the children。我们是世界，我们是孩子，那是说：此时此地世界并不欣赏成人社会的一切规则，唯以孩子的纯真参加进对自由和平等的祈祷中来，才有望走近那无限时空里蕴藏的梦想。

三

但是，强者的雄风太迷人了，战胜者的荣耀太吸引人了，而且这雄风和荣耀必是以弱者和失败者的被冷落为衬照，这差别太刺激人了，于是人很容易忘记聆听（谛听和领悟），全副热情都掉进那差别中，去争夺居强的一端。争夺的热情大致基于这样的心理：在诸多的国家中我在的国家是最强的，在诸多的城市中我居住的城市是最好的，在诸多的民族中我属的民族是最优秀的，甚至于在诸多朝圣的路途中我的路途是最神圣的。这样的心理若是只意味着战胜自己，也许本来不坏，但是，对荣耀的渴望使人再也听不见无限时空里的属于全人类的危惧和梦想，胜利仅仅在打败对方的欲望中成立。梦想从无限的时空萎缩进人际的输赢，狂欢就变成了彻头彻尾的争夺，那时"同志"忽然就被"立场"取代。在"同志"被"立场"取代的地方（不管是明着还是暗着），便不再有朝圣的仪式，而是战争的模型了。

我想起"文革"中的一些惨剧，大半是由立场做着前导；明知某事是假是恶是丑，但立场却能教你违心相随或缄口不言，甚而还要忏悔自己的立场不坚定。不不，立场和观点决然不同，观点是个人思想的自由，立场则是集体对思想的强制。立场说穿了就是党同伐异，顺我派者善，逆我派者恶，不需再问青红皂白。否则为什么要有"立场"这个词呢？尤其是"观点"一词并不作废的时候，立场究竟是要说什么呢？是说相同观点的人要站到一起来吗？首先，相同的观点因其相同不是已经站到一起来了么？再强调站到一起来是什么意思？其次，观点并非永远不变，相同一旦变成不同是否就要以立场的名义施之惩罚呢？若非如此，就真想不懂立场为什么不算是一句废话？记得"文革"时代有一首童谣：我们都是木头人，不许说话不许动，看谁立场最坚定。这可真是童言无忌道破天机。奇怪的是这童谣在当时怎么没有被划作反动言论，想来绝不是"四人帮"之流的疏忽，而是在他们看来这正是立场的本意。

立场怎样不知不觉地走进人间，也就怎样神鬼莫察地进了足球场，此一方球迷与彼一方球迷的大打出手、视若仇敌便屡见不鲜。我们是世界，变成了：我们是国家，我们是民族，我们是帮派，我们是我们，你们他妈的是你们。我们是孩子，则变成了：我们是英雄，我们是好汉，你们他妈的算是什么玩意儿？

本没有谁一心去做孬种，或号召大家争当败类。值得担心的倒是"英雄""好汉"的内涵不清，倘英雄主义糊里糊涂地竟认同起暴力来，肯定不会有好局面送给人间。狂欢精神一旦散失，便特别危险地要蜕变成狂热，勇猛和不屈都来不及对着生命的困惑，而要顺理成章地杀向异己的人类了（比如网球明星塞莱斯的被刺）。"立场"这个词把我们害着，把足球以及所有体育比赛都害着，把足球场里和地球上面的英雄害着，把狂欢精神和神圣之域也害着。

神圣之域尤其是不需要宣扬立场的。神圣并不蔑视凡俗，更不与凡俗敌对，神圣不期消灭也不可能消灭凡俗，任何圣徒都凡俗地需要衣食住行，也都凡俗地难免心魂的歧途，唯此神圣才要驾临俗世。神圣只是对凡俗的救助和感召，在富足或贫困的凡俗生活同样会步入迷茫、同样可能昏昏堕落的时候，神圣以其爱与美的期念给我们一条无尽无休的活路。

四

埃斯科巴（哥伦比亚足球队2号，后位）在"世界杯"后的惨死，是足球史和体育史上旷古未见的灾难，是所有球迷及全人类都该深思的。埃斯科巴的惨死，很像马尔克斯的一篇著名小说的标题，是"一场事先张扬的凶杀案"。所谓事先张扬，并不单指几个歹徒先期发出了威吓，而是说，这场凶杀早已在狂欢精神退出足球场时就已经张扬开了。而地球上的一切战争、不义和杀戮，大约也都是这样张扬开的。

狂欢精神丢失了，甚至兴趣也不在足球的技艺上，狂热去投奔哪儿呢？毫无疑问也绝无例外——去投奔战胜者的荣耀。

但是，鲜花、赞美、崇拜都向着战胜者去，失败者一无所有。已经说过，这差别太刺激人了，刺激的结果必是愤恨产生。狂欢精神的丢失，其不妙并不直接表现在战胜者的志得意满，而是最先显露于失败者的愤恨不平，尤其这愤恨并不对着神圣之域的被污染，而是由于自己的遭冷落，这愤恨便要积蓄到失去理性。屡屡的失败而且仍然忘记着聆听，看着吧，坏孩子的脾气就要发作。他本来想的是我是最好的，我们是最好的，你们他妈的算是什么东西？可是现在怎么一切都颠倒了呢？被惯坏的孩子就要闹脾气，像北京话里说的要"耍叉"了，不讲理了，要在球场之外去寻报复了，要不择手段地去占住那居强的一端。

这样"耍叉"的孩子，常常也声称不欣赏现实世界的规则，但是留神，这与狂欢精神绝不一样，狂欢是在祈祷全人类的自由，"耍叉"的孩子是要大家都来恭维他和跟随他的主义。也可能他的主义是好的，但也可能他的主义是坏的呢？

五

所以，不如"少谈点儿主义，多研究点儿问题"，让所有的观点都有表达的机会，旗倒不妨慢举。并非不可以谈主义，但主义之前（或大旗之下）最好先有问题的研究，比如说：英雄和神圣都是什么含义呢？再比如："做人要有尊严"这句话其实什么都没说，因为什么是尊严呢？以及怎么维护这尊严？

成功者就一定是英雄，或者反抗者就一定是英雄么？神圣就是轻物利，或者退避红尘独享逍遥？尊严呢，是否单靠一副傲骨，或随时都警惕着一条测量他人冷热的神经？当然不这么简单。比如爱是神圣的，但爱是怎么回事似乎一向还是问题。有一种意见说：爱就够了，不必弄什么清楚。可是不清楚又怎么知道就够了呢？除非是自己够了，但这就又回到废话上。人民也是神圣的，但这样的大旗谁都能打着，贪污和行霸也用得着。不过有时也简单，比如"你们他妈的算是什么玩意儿"，此言一出即可明白，言者离英雄还远，那很像是自慰的一条计策（阿Q做证），而尊严，却在自以为维护的同时毁坏。所以，研究的项目还多，不忙举旗。

不说成功者。因为谁都不大可能永远不碰上失败。说反抗者。足球场上有好几种反抗者。一种已被红牌罚出场外，没什么说的了。一种在场外寻衅施暴，有法律管他，不说也罢。还有一种，以零比九落后着，而且比赛已经到了第八十九分钟，这不是篮球是足球啊——就是说输定了，但十一个反抗者却仍全心全力地踢着，忘生忘死地奔跑，他们的目的从来就不狭隘到只要求战胜对方，他们知道零比九和九比零都是那仪式中的一项启示，生命之途上的一步路程，而每一步路程的前面都是一样的无限——无限的困境和无限精彩的可能，这才是英雄的反抗者吧。尤其这时，如果九比零领先的一方也有如此领悟，不傲不怠，知道人际的胜负实属扯淡，此十一人与彼十一人都是困境的反抗者和精彩的体现者，这时，狂欢精神就全面地回来了。已经开始退场的球迷不是真正的球迷，他们看不见是什么回来了，而依然呐喊或呆望着的球迷是神圣的球迷，他们知道。

零比九是一个夸张。

但狂欢精神是怎样回来的？从哪儿经历了什么才回来？如果它回来了，必是因为这样的发现：我们是世界，我们是孩子，我们是注定的困苦和注定的爱与美的祈盼。

六

　　说到精神的胜利，人们马上会想起阿 Q，似乎那是未
庄这一位农民的专利。真是天大的误会。其实哪一种胜利
不是最后落实在精神上呢？单单落实在物质上的胜利倒要
狭隘得多了。精神胜利者并不都是阿 Q，因为并非人人都
把赖头疮去做胜利的基础，更不为自己的虱子比王胡的小
些而愤愤。

　　不久前的"美洲杯"上，巴西靠"上帝之手"赢了阿
根廷，赛后记者就这个球去问巴西队的感想，巴西队里竟
有人说"去问他们的马拉多纳吧"，意思是说鼎鼎大名的马
拉多纳也曾靠一个手球，为阿根廷队淘汰过英国队。我一
向是巴西队的球迷，不因其冠军得的多，而因其把足球踢
得潇洒美丽出神入化，但这一回真让千里万里之外的这一
个巴西队的球迷为之羞愧。"上帝之手"有时难免，但上述
回答真是有点儿阿 Q 的心理了。

　　这便想起足球场上还有一种反抗者，他们怎么也不能
镇静地面对失败。他们的球队是最好的球队——这是他们

立场的前提，不容怀疑也不容讨论的，于是失败就只好归咎到裁判头上去。毫无疑问，对裁判的错误应当揭露。但是这一种反抗者对裁判的错误一般采取两种截然相反的态度：利于对方则暴怒，利于自己则窃喜，暴怒时他们要问公理何在？窃喜时他们心想彼此彼此什么他妈的公理？这真正是矫情。

矫情的结果是并不能让自己进步，贬损对方吧，又不真能使对方溃退，想来想去还是那个裁判讨厌。但是把那个讨厌的裁判骂也骂过了，形势仍不乐观。于是便时有贿赂裁判的事件发生，这倒是未庄那一位穷汉未及学成的计策。

文学界经常也能看见这样的矫情，总也盼不到赞誉和畅销的时候，便去骂"评论家"和读者，或者转而去贿赂他们，当然不是用金钱，而是用文思（或文风）向"评论家"和市场靠拢。雄心再大一些的则去化验获诺贝尔奖的丹方，说是得有这一味得有那一味中国人才可能获那大奖，少了这一味缺了那一味则是皓首穷经也必名落孙山的。结果弄得人无所适从，翻箱倒柜找故事，掘地三尺挖古董，中西大菜满汉全席都上了桌，还是无济于事。怎么回事呢？很可能就在忙着化验他人之丹方的时候，把自己最重要的东西丢了：心魂。而那里面才是无限的辽阔，无穷的丰富，有不尽的创造的可能呀。其实文学和足球一样，根本是在困惑和狂欢时的聆听，立足于地而向苍天的询问，魂游于天而对土地的关怀。奖者，一种有趣的标记而已。对于真正的球迷，零比零的结果并不表明九十分钟的无味或多余。

七

如果我是外星人，我选择足球来了解地球的人类。如果我从天外来，我最先要去看看足球，它浓缩着地上人间的所有消息。

比如人对于狂欢和团聚的需要，以及狂欢和团聚又怎样演变成敌视和隔离，这已经说过。再比如它所表达的个人与群体的相互依赖，二十二个球员散布在场上，乍看似无关联，但牵一发而全身动，那时才看出来，每一个精彩点都是一个美妙结构的产物，而每一次局部失误都造成整体意图的毁灭。比如说，它的变化无穷正好似命运的难于预测，场上的阵势忽而潮涌忽而潮落，刚还是晴天朗照，转眼却又风声鹤唳，每一个位置都蕴含着极不确定的动向，每一个人都具"波粒二重性"，每一个点和每一个点之间的关系都有无限的可能，真正是测不准，因而预测足球的胜负就像预测天气变化一样靠不住，一个强队常常就被一支弱旅打得一败涂地，这在其他比赛中是少见的。又比如它的胜败常具偶然性，你十次射门都打在门柱上，我一次捡漏就置你于死地。而射在门柱上的那个球，只要再往里偏一公分就可能名垂球史，可这一公分其实就由于气流一阵细微的改变。那一次捡漏呢，则是因为对方的跑位也只差了一公分，这一公分的缘由说不定可以从看台上一位妙龄少女的午餐中去找。谋事在人成事在天，智者千虑也把捉不住偶然性的乖戾，于是神神鬼鬼令人敬畏。这都与我们的命运太相似了。接着，外星人还可以在这儿受到法制启蒙，他会看出要是没有那位黑衣法官，这球赛就没法进行，他尤其会看出在诸条规则中不准越位是最根本的一条，否则大家都去门前等着射门，地球上就可能只剩下溜门撬锁的小偷和蒙面入室的大盗了。外星人还能在这儿看见警察（星星点点散布在各处），认识官员（稀稀落落坐在主席台上），了解商业（四周的广告牌），粗通建筑（钢筋水泥的体育场），探知艺术的起源（看台上情不自禁的歌舞），发现贫富之别（票价不同因而所占位置各异），发现门派之盛，相互间竟至于睚眦必报、拳脚相加、水火难容……总之，几乎人间所有的事物在这儿都有样品，所有的消息在这儿都有传达。

这个与人间同构的球场，最可能成为人间的模型或象征，刺激起人的种种占有欲，倘占有落空，便加倍地勾引起平素积蓄的怨愤，坏脾气就关不住闸门。爱的祈望并不总比恨的发泄有力量。如果地球世界的强权、歧视、怨恨和复仇依然长寿，当然足球世界就最易受到浸染，足球场上就最易出现殴斗和骚乱。

八

也许外星人最后还会看出一件事：在足球和地球上，旗幡林立的主义中，民族主义是最悠久也最坚固的主义，是最容易被扇动起来的热情。

坐在看台上，我发现我的热情也渐渐地全被立场控制，很难再有刚一进来时的那种狂欢的感动，也顾不上去欣赏球艺，喜与忧全随着中国队的利与不利而动。只要中国队一拿球便是满场的喝彩，只要意大利队一攻到禁区便是四起的嘘声。这无可厚非。但是这样的热情进一步高亢，殴斗和骚乱就都有了解释。这样的情绪倘再进一步走出足球场，流窜到地球的各个角落，渗透进人类诸多的理论和政策中去，冷战、热战还有"圣战"也就都有了根据。

民族主义其实信奉的是"老子天下第一"，"老子"难免势单力薄，明摆着不能样样居强，这才借了"民族"去张扬。但若"老子"的民族也不能样样居强呢，便又很容易生出民族自卑感，自卑而不能以自强去超越，通常的方略就是拉出祖宗的光荣来撑腰，自吹自擂自欺自慰都认作骨气。其实，这样的主义者看重的也一定不是民族，倘自家闹出争端，民族也就无足轻重。不信就请细心注意，一到了没有外族之时他就变成地方主义，一到了没有外地之时他就变成帮派主义，三人行他提倡咱俩，只剩下咱俩事情就清楚了：我第一，你第二。

当然你不能不让谁认为自己正确和坚持自己认为的正确，（他说不定真就是天下第一呢？）但正确得靠研究的结果说话，深厚的土地上才是插牢一面大旗的地方。比如说"把什么和什么开除出文学正堂"，但是，由谁来圈定正堂的方位呢？开除一事又该由谁来裁决？恐怕谁都不合适。"正堂"和"开除"都在研究问题的气氛中自然发生，就像人们自然会沐浴清泉而排除污水，绝非可以毕其功于一面大旗的。

其实我们从幼儿园里就受过良好的教育：诚实，谦虚，摆事实讲道理。我们在学校里继续受着良好的教育：以他人之长补自己之短。怎么长大成人倒变糊涂？是的是的，这世界太复杂，不可不有一点儿策略，否则寸步难行。但这不应该妨碍我们仍然需要看清一个真理：无论是民族还是主义，也无论是宗教还是科学，能够时时去查看自己的缺陷与危险的那一个（那一种）才有希望。

九

但是，谁总能那么冷静呢？况且，大家若一味地都是沉思般地冷静着，足球也不好玩，日子也很难过。不让激情奔涌是不行的，如同不让日走星移四季更换。不是足球酿造了激情，是激情创造了足球。激情是生之必要，就像呼吸和睡觉，不仅如此，激情更是生之希望，是善美之途的起步。

但是，什么才能使这激情不掉进仇视和战争呢？（据说，南美有两个国家曾因足球争端引发过一场真刀真枪的战争。）是苦难。不管什么民族和主义，不管怎么伟大和卑微，都不可能逃开的那一类苦难。

我又回忆起一九七六年地震时的情景，那时的人们既满怀激情又满怀爱意，一切名目下的隔离或敌视都显出小气和猥琐，唯在大地无常的玩笑中去承受生死的疑问，疑问并不见得能有回答，但爱却降临。只可惜那时光很短暂。

看来苦难并不完全是坏东西。爱，不大可能在福乐的竞争中牢固，只可能在苦难的基础上生长。当然应该庆幸那苦难时光的短暂，但是否可以使那苦难中的情怀长久呢？

长久地听见那苦难（它确实没有走远），长久地听见那苦难中的情怀，长久地以此来维护激情也维护爱意，我自己以为这就是宗教精神的本意。宗教精神当然并不等于各类教会的主张，而是指无论多么第一和伟大的人都必有的苦难处境和这处境中所必要的一种思索、感悟、救路。万千歧途，都是因为失去了神的引领。这里说的神，并非万能的施主，而是人的全部困苦与梦想、局限与无限的路途，以及零比九时的一如既往和由其召唤回来的狂欢。

1995 年 9 月 6 日

10 月 10 日再次修改

放下与执着

几位老友，不常见面，见了面总劝我"放下"。放下什么呢？没说，断续劝我："把一切都放下，人就不会生病。"我发现我有点儿狡猾了，明知那是句佛家经常的教诲（比如"放下屠刀，立地成佛"；"屠刀"也不专指索命的器具，是说一切迷执），却佯装不知。佯装不知，是因为我心里着实有些不快；可见嗔心确凿，是要放下的。何致不快呢？从那劝导中我听出了一个逆推理：你所以多病，就因为你没放下。逆推理中又含了一条暗示：我为什么身体好呢？全都放下了。

既知嗔心确在，就别较劲儿。坐下，喝茶，说点儿别的。可谁料，一晚上，主张放下的几位却始终没放下几十年前的"文革"旧怨，那时谁把谁怎样了吧，谁和谁是一派的吧，谁表面如何其实不然呀，等等。就不说这"谁"字具体是指谁了吧，总归不是"他"或"他们"，就是"我"和"我们"。

所以，放下什么才是真问题。比如说：放下烦恼，也放下责任吗？放下怨恨，也放下爱愿吗？放下差别心，难道连美丑、善恶都不要分？放下一切，既不可能，也不应该。总不会指着什么都潇洒地说一声"放下"，就算有了佛性吧？当然，万事都不往心里去可以是你的选择，你的自由，但人间的事绝不可以是这样，也从来没有这样过。举几个例子吧：是执着于教育的人教会了你读书，包括读经。是执着于种田的人保障着众人的温饱，你才有余力说"放下"。唯因有了执着于交通事业的人，老友们才得聚来一处喝茶。若无各门各类的执着者，咱这会儿还在钻木取火呢，还是连钻木取火也已经放下？

错的不是执着，是执迷，有些谈佛论道的书中将这两个词混用，窃以为十分不妥。"执迷"的意思，差不多是指异化、僵化、故步自封、知错不改。何致如此呢？无非

"名利"二字。但谋生，从而谋利，只要合法，就不是迷途。名却厉害；温饱甚至富足之后，价值感，常把人弄得颠三倒四。谋利谋到不知所归，其实也是在谋名了——优越感，或价值感。价值感错了吗？人要活得有价值，不对吗？问题是，在这个一切都可以卖的时代，价值的解释权通常是属于价格的，价值感自也是亦步亦趋。

价值和价格的差距本属正当。但这差距却无从固定，可以很大，也可以很小，当然这并非坏事，这正是经济学所赞美的那只市场的无形之手。可这只手，一旦显形为铺天盖地的广告，一旦与认钱不认货的媒体相得益彰，事情就不一样了。怎么不一样？只要广告深入人心，东西好坏倒不要紧了——好也未必就卖得好，不好也未必就卖不好。媒体和广告沆瀣一气，大约是经济学未及引入的一个——几乎没有底线的——参数。是呀，倘那无形或有形的手也成了商品，又靠谁来调节它呢？价格既已不认价值这门亲，价值感孤苦无靠去拜倒在价格门下，也就不是什么难解的题。而这逻辑，一旦以"更快、更高、更强"的气势，超越经济，走进社会各个领域，耳边常闻的关键词就只有利润、码洋、票房和收视率了。另有四个词在悄声附和：房子、车子、股市、化疗。此即执迷。

而"执着"与"执迷"不分，本身就是迷途。这世界上有爱财的，有恋权的，有图名的，有什么都不为单是争强好胜的。人们常管这叫欲壑难填，叫执迷不悟，都是贬义。但爱财的也有比尔·盖茨，他既能聚财也能理财，更懂得财为何用，不好吗？恋权的嘛，也有毛遂自荐的敢于担当，也有种种"举贤不避亲"的言与行，不对吗？图名的呢？雷锋，雷锋及一切好人！他们不图名？愿意谁说他们没干好事，不是好人？不过是不图虚名、假名。争强好胜也未必就不对，阿姆斯特朗怎么样，那个身患癌症还六次夺得环法自行车赛冠军的人？对这些人，大家怎么说？会说他执迷？会请他放下吗？当然不，相反人们会赞美他们的执着——坚持不懈、百折不挠、矢志不渝，都是褒奖。

主张"一切都放下"，或"执着"与"执迷"分不清，是否正应了佛家的另一个关键词——"无明"呢？

"无明"就是糊涂。但糊涂分两种。一种叫顽固不化，朽木难雕，不可教也，"无明"应该是指这一种。另一种，比如少小无知，或"山重水复疑无路"，这不能算"无明"，这是"柳暗花明又一村"的前奏，是成长壮大的起点。而郑板桥的"难得糊涂"已然是大智慧了。

后一种糊涂，是错误吗？执着地想弄明白某些尚且糊涂着的事物，不应该吗？比如一件尚未理清的案件，一处尚未探明的矿藏，一项尚未完善的技术、对策或理论。这正是坚持不懈者施才展志的时候呀，怎倒要知难而退者来劝导他呢？严格说，我们的每一步其实都在不完善中，都在不甚明了中，甚至是巨大的迷茫之中，因而每时每刻都可能走对了，也都可能走错了。问题是人没有预知一切的能力，那么，是应该就此放下呢，还是要坚持下去？设想，对此，佛祖会取何态度？干脆"把一切都放下"吗？那就要问了：他干吗要站出来讲经传道？他看得那么深、那么透，干吗不统统放下？他曾经糊涂，曾经烦恼，但他放得下王子之位却放不下生命的意义，所以才有那锲而不舍的苦行，才有那菩提树下的冥思苦想。难道他就是为了让后人把一切都放下，没病没灾然后啥都无所谓？该想的佛都想了各位就甭想了，该受的佛都受了各位就甭再受了，该干的佛也都干了各位啥心也甭操了——有这事儿？恐怕，盼望这事儿的，倒是执迷不悟。

可是，哪能谁都有佛祖一样的智慧呢？我等凡人，弄不好一错再错，苦累终生，倒不如尘缘尽弃，早得自在吧。可是，怕错，就不是执着？怕苦，就不是执着？一身享用着别人执着的成果，却一心只图自在，不是执着？不是执着，是执迷！佛祖要是这般明哲保身，犯得上去那菩提树下饱经折磨吗？偷懒的人说一句"放下"多么轻松，又似多么明达，甚至还有一份额外的"光荣"——价值感，却不去想那菩提树下的所思所想，却不去辨别什么要放下、什么是不可以放下的，结果是弄一个价值虚无来骗自己，蒙大家。

老实说，我——此一姓史名铁生的有限之在，确是个贪心充沛的家伙，天底下的美名、美物、美事没有他没想（要）过的，虽然我并不认为这是他多病的原因。不过，此一史铁生确曾因病得福。二十一岁那年，命运让这家伙不得不把那些充沛的东西——绝不敢说都放下了，只敢说——暂时都放一放。特别要强调的是，这"暂时都放一放"，绝非觉悟使然，实在是不得已而为之。先哲有言：

"愿意的，命运领着你走；不愿意的，命运拖着你走。"我就是那"不愿意"而被"拖着走"的。被拖着走了二十几年，一日忽有所悟：那二十一岁的遭遇以及其后的二十几年的被拖，未必不是神恩——此一铁生并未经受多少选择之苦，便被放在了"不得不放一放"的地位，真是何等幸运的事情！虽则此一铁生生性愚顽，放一放又拿起来，拿起来又不得不再放一放，至今也不能了断尘根，也还是得了一些恩宠的。我把这感想说给某位朋友，那朋友忒善良，只说我是谦虚。我谦虚？更有位智慧的朋友说我：他谦虚？他骨子里了不得！这"了不得"，估计也是"贪心充沛"的意思。前一位是爱我者，后一位是知我者。不过，从那时起，我有点儿被"领着走"的意思了。

如今已是年近花甲。也读了些书，也想了些事，由衷感到，尼采那一句"爱命运"真是对人生态度之最英明的指引。当然不是说仅仅爱好的命运，而是说对一切命运都要持爱的态度。爱，再一次表明与"喜欢"不同，谁能喜欢坏运气呢？但是你要爱它。就好比抓了一手坏牌，你骂它？恨它？耍着赖要重新发牌？当然你不喜欢它，但你要镇静，对它说"是"，而后看你如何能把这一手坏牌打得精彩。

　　大凡能人，都嫌弃宿命，反对宿命。可有谁是能力无限的人吗？那你就得承认局限。承认局限，大家都不反对，但那就是承认宿命啊。承认它，并不等于放弃你的自由意志。浪漫点儿说就是：对舞蹈说是，然后自由地跳。这逻辑可以引申到一切领域。

　　所以，既得有所"放下"，又得有所"执着"——放下占有的欲望，执着于行走的努力。放不下前者的，必至贪、嗔、痴。连后者也放下的，难免还是贪、嗔、痴。看一切都是无意义的人，怎么可能会爱命运？不爱命运，必是心中多怨。怨，涉及人即是嗔——他人不合我意；涉及物即是痴——世界不可我心，仔细想来都是一条贪根使然。

2007 年 11 月 27 日

复杂的必要

母亲去世十年后的那个清明节，我和父亲和妹妹去寻过她的坟。

母亲去得突然，且在中年。那时我坐在轮椅上正惶然不知要向哪儿去，妹妹还在读小学。父亲独自送母亲下了葬。巨大的灾难让我们在十年中都不敢提起她，甚至把墙上她的照片也收起来，总看着她和总让她看着我们，都受不了。才知道越大的悲痛越是无言：没有一句关于她的话是恰当的，没有一个关于她的字不是恐怖的。

十年过去，悲痛才似轻了些，我们同时说起了要去看看母亲的坟。三个人也便同时明白，十年里我们不提起她，但各自都在一天一天地想着她。

坟却没有了，或者从来就没有过。母亲辞世的那个年代，城市的普通百姓不可能有一座坟，只是火化了然后深葬，不留痕迹。父亲满山跑着找，终于找到了他当年牢记下的一个标志，说：离那标志向东三十步左右就是母亲的骨灰深埋的地方。但是向东不足二十步已见几间新房，房前堆了石料，是一家制作墓碑的小工厂了，几个工匠埋头叮当地雕凿着碑石。父亲憋红了脸，喘气声一下比一下粗重。妹妹推着我走近前去，把那儿看了很久。又是无言。离开时我对他们俩说：也好，只当那儿是母亲的纪念堂吧。

虽是这么说，心里却空落得以至于疼。

我当然反对大造阴宅。但是，简单到深埋且不留一丝痕迹，真也太残酷。一个你所深爱的人，一个饱经艰难的人，一个无比丰富的心魂……就这么轻易地删简为零了？这感觉让人沮丧至极，仿佛是说，生命的每一步原都是可以这样删除的。

纪念的习俗或方式可以多样，但总是要有。而且不能简单，务要复杂些才好。复杂不是繁冗和耗费，心魂所要的隆重，并非物质的铺张可以奏效。可以火葬，可以水葬，可以天葬，可以树碑，也可为死者种一棵树，甚或只为他珍藏一片树叶或供奉一根枯草……任何方式都好，唯不可一味地简单。任何方式都表明了复杂的必要。因为，那是心魂对心魂的珍重所要求的仪式，心魂不能容忍对心魂的简化。

从而想到文学。文学，正是遵奉了这种复杂原则。理论要走向简单，文学却要去接近复杂。若要简单，任何人生都是可以删减到只剩下吃喝拉撒睡的，任何小说也都可以删减到只剩下几行梗概，任何历史都可以删减到只留几个符号式的伟人，任何壮举和怯逃都可以删减成一份光荣加一份耻辱……但是这不行，你不可能满足于像孩子那样只盼结局，你要看过程，从复杂的过程看生命艰巨的处境，以享隆重与壮美。其实人间的事，更多的都是可以删减但不容删减的。不信去想吧。比如足球，若单为决个胜负，原是可以一上来就踢点球的，满场奔跑倒为了什么呢？

1995 年 2 月 10 日

自言自语

一 说小说无规矩可言也对，说小说还是有一些规矩也对，这看怎么说了。

世上没有没有规矩的东西，没有规矩的东西就不是东西就什么都不是，所以没有。在这个意义上说，小说当然是有一些规矩的。譬如，小说总得用着语言；譬如，小说还不能抄袭（做衣服、打家具、制造自行车就可以抄袭）。小说不能是新闻报道，新闻报道单纯陈述现象，而小说不管运用什么手法，都主要是提供观照或反省现象的新角度（新闻报道与新闻体小说之间的差别，刚好可以说明这一点）。小说不能是论文，论文是循着演绎和归纳的逻辑去得出一个科学的结论。小说不是科学，小说是在一个包含了多种信息和猜想的系统中的直觉或感悟，虽然也可以有思辨但并不指望有精确的结论。在智力的盲点上才有小说之位置，否则它就要让位于科学（这样说绝不意味着贬低或排斥科学。但人类不能只有科学，在科学无能为力的地方，要由其他的什么来安置人的灵魂）。小说也不能是哲学，哲学的对象和目的虽与科学相异，但其方法却与科学相同，这种方法的局限决定了哲学要理解"一切存在之全"时的局限。在超越这局限的愿望中，小说期待着哲理，然而它期待哲理的方法不同于哲学，可能更像禅师讲公案时所用的方法，那是在智力走入绝境之时所获得的方法，那是放弃了智力与功利之时所进入的自由与审美的状态（这让我想起了很多存在主义大师竟否认存在主义是哲学，他们更热衷于以小说来体现他们的哲理）。小说还不能是施政纲领、经济政策、议会提案；小说还不能是英模报告、竞选演说、专题座谈。还可以举出一些小说不是什么的例子，但一时举不全。总之，小说常常没有很实用的目的，没有很确定的结论以及很严谨的逻辑。但这不等于说它荒唐无用。和朋友毫无目的毫无顾忌地聊聊天。这有用吗？倘若消灭那样的聊天怎么样？人势必活成冰冷的机器或温暖的畜类。

好像只能说小说不是什么，而很难说它是什么，这就说明小说还有无规矩可言的一方面（说小说就是小说，这话除了显得聪明之外，没有其他后果）。我想，最近似小说的东西就是聊天，当然不是商人式的各怀心计的聊天，也不是学者式的三句话不离学问的聊天，也不是同志式的"一帮一，一对红"的聊天，而纯粹是朋友之间忘记了一切功利之时的自由、倾心、坦诚的聊天。人为什么要找朋友聊聊天？因为孤独，因为痛苦和恐惧。即便是有欢乐要与朋友同享，也是因为怕那欢乐在孤独中减色或淹没。人指望靠这样的聊天彻底消灭人的困境吗？不，他知道朋友也是人也无此神通。那么他到朋友那儿去找什么呢？找真诚。灵魂在自卑的伪饰中受到压迫，只好从超越自卑的真诚中重获自由。那么在这样的聊天中还要立什么规矩呢？在这样的聊天中，悲可以哭吗？怒可以骂吗？可以怯弱颓唐吗？可以痴傻疯癫吗？可以陶醉于一个不切实际的幻想吗？可以满目迷茫满腹牢骚吗？可以谈一件很真实的事也可以谈一个神秘的感觉吗？可以很形象地讲一个人也可以很抽象地讲一种观点吗？可以有条不紊万川归海地讲一个故事，也可以东一榔头西一棒子地任意胡侃神聊吗？可以聊得豪情满怀乐观振奋，也可以聊得心灰意冷悲观失望吗？可以谈吐文雅所论玄妙高深，也可以俗话连篇尽述凡人琐事吗？……当然都是可以的，无规矩可言。唯独不能有虚伪。无规矩的规矩只剩下真诚。智力与科学的永恒局限，意味着人最终是一堆无用的热情，于是把真诚奉为圭臬奉若神明。有真诚在就不会绝望，生命就有了救星，生命就可以且天且地尽情畅想任意遨游了，就快要进入审美之境就快要立命于悟性之地了。

（顺便说一句：真诚并不能化悲观为乐观，而只是把悲观升华为泰然，变作死神脚下热烈而温馨的舞蹈。）

在这种意义上，小说又有什么规矩可言呢？小说一定要塑造出栩栩如生的人物？要结构好起伏曲折的故事？要令人感动？要有诗意或不能有诗意？要有哲理或千万别暴露哲理？不可不干预现实或必须要天马行空？要让人看了心里一星期都痛快都振奋，就不能让人看了心里七天都别扭都沉闷？一定要深刻透顶？一定要气壮山河？一定要民族化或一定要现代主义？一定要懂得陶罐或一定要摆弄一下生殖器？一定要形象思维而一定不能形而上？……（假设已经把历来的规矩全写在这儿了。）但是这些规矩即便全被违背，也照样会有好的小说产生。小说的发展，大约正在于不断违背已有的规矩吧。小说的存在，可能正是为了打破为文乃至为生的若干规矩吧。活于斯世，人被太多的规矩折磨得喘不过气来，伪装与隔膜使人的神经紧张得要断，使每一个人都感到孤独感到软弱得几乎不堪一击，不是人们才乞灵于真诚倾心的交谈吗？不是为了这样的交谈更为广泛，为了使自己真切的（但不是智力和科学所能总结的）生存感受在同类那儿得到回应，从而消除孤独以及由孤独所加重的痛苦与恐惧，泰然自若地承受这颗星球这个宇宙和这份命运，才创造了小说这东西吗？就小说而言，亘古不变的只有梦想的自由、实在的真诚和恰如其分的语言传达。还要什么必须遵守的规矩呢？然而有时人真的没出息透了，弄来弄去把自由与真诚弄去了不说，又在这块净土上拉屎一样地弄出许多规矩，弄得这片圣地满目疮痍，结果只是规矩的发明者头上有了神光，规矩的推行者得以贩卖专制，规矩的二道贩子得一点小利，规矩的追随者被驱赶着被牵引着只会在走红的流派脚下五体投地殊不知自己为何物了。真诚倾心的交谈还怎么能有？伪装与隔膜还怎么能无？面对苍天的静悟为面对市场的机智所代替，圣地变作鬼域。人们念及当初，忽不知何以竟作起小说来。为人的根被刨了烧了，哪儿寻去？所以少来点规矩吧。唯独文学艺术不需要竞争，在这儿只崇尚自由、朴素、真诚的创造。写小说与交朋友一样，一见虚伪，立刻完蛋。

二　小说的朴素，说白了就是创作态度的老实。

当然不是说"只许老实交待，不许乱说乱动"的那种老实。而是说：不欺骗朋友，不戏耍朋友，不吓唬朋友，不卖弄机智存心让朋友去惭愧，也不为了讨好朋友而迁就朋友。对朋友把心掏出来就得，甭扯淡。

在这种情况下，朴素一词并不与华丽、堂皇对立，也不与玄妙、深奥对立，并非"我家住在黄土高坡"就一定朴素，你家造了航天飞机就一定不朴素。别到外面去寻找朴素，朴素是一种对人对世界的态度，哪儿都可以有，哪儿都可以无。

这朴素绝不是指因不开化而故有的愚钝，绝不是指譬如闭塞落后的乡间特产的艰辛和单纯。那些东西是靠不住的。孩子总要长大，偏僻的角落早晚也要步入现代文明。

真正的朴素大约是：在历尽现世苦难、阅尽人间沧桑、看清人的局限、领会了"一切存在之全"的含义之时，痴心不改，仍以真诚驾驶着热情，又以泰然超越了焦虑而呈现的心态。这是自天落地返璞归真，不是顽固不化循环倒退。不是看破红尘灰心丧气，而是赴死之途上真诚的歌舞。这时凭本能凭直觉便会发现，玩弄花活是多么不开明的浪费。

三　人有三种根本的困境，于是人有三种获得欢乐的机会。

第一，人生来注定只能是自己，人生来注定是活在无数他人中间并且无法与他人彻底沟通。这意味着孤独。第二，人生来就有欲望，人实现欲望的能力永远赶不上他欲望的能力，这是一个永恒的距离。这意味着痛苦。第三，人生来不想死，可是人生来就是在走向死。这意味着恐惧。

上帝用这三种东西来折磨我们。

不过有可能我们理解错了，上帝原是要给我们三种获得欢乐的机会。假如世界上只有我，假如我又没有欲望（没有欲望才能不承受那种距离），假如这样我还永远不死，我岂不就要成为一堆无可改变的麻木与无尽无休的沉闷了？这样一想，我情愿还是要那三种困境。我想，写小说之所以挺吸引我，就是因为它能帮我把三种困境变成既是三种困境又是三种获得欢乐的机会。

四　可以说小说就是聊天，但不能说聊天就是小说。

聊天完全可以是彻底的废话，但小说则必须提供看这世界这生命的新的角度（也许通俗小说可以除外）。通过人物也好，通过事件、情绪、氛围、形式、哲理、暗示都好，但不能提供新角度的便很难说是创作，因而至少不能算好小说。

然而，彻底废话式的聊天却可以在作家笔下产生丰富的意味，这是怎么回事？这是因为他先把我们带离那个实在的、平面的、以常规角度观照着的聊天，然后把我们带到一个或几个新的位置上，带进一个新的或更大的系统中，从一个或几个新角度再作观照，常规的废话便有了全新的生命。就像宇航员头一次从月亮上看地球，从那个角度上所感受到的意味和所发出的感慨，必不是我们以往从地球上看地球时所能有的。这大概就是人们常说的"间离效果"

和"陌生化"吧。我们退离我们已经习惯了的位置，退离我们已经烂熟了的心态，我们才有创造的可能。您把您漂亮的妻子拥抱于你，她就仅仅是您的妻子，您从遥远的地方看她在空天阔野间行走，您才可能看到一个精灵般的女人。您依偎在母亲怀中您感受到母亲的慈爱，您无意间看她的背影您也许才会看到一个母亲的悲壮。小说主要是做着这样的事吧，这样的创造。

但这有什么用呢？那么阿波罗上了月球又有什么用呢？宇宙早晚要毁灭，一切又都有什么用呢？一切创造说到底是生命的自我愉悦。与其说人是在发现着无限的外在，毋宁说人是借外在形式证明自己无限的发现力。无限的外在形式，不过是人无限的内在发现力的印证罢了，这是人唯一可能得到的酬劳。（原始艺术中那些变形的抽象的图案和线条，只是向往创造之心的轨迹，别的什么都不是。）所以，与其说种种发现是为了维持生命，毋宁说维持生命是为了去作这种种发现，以便生命能有不尽的欢乐，灵魂能有普度之舟。最难堪的念头就是"好死不如赖活"，因为死亡坚定地恭候着每一位寿星。认为"好死不如赖活"的民族，一般很难理解另外的人类热爱冒险是为了什么。

总之，写小说的人应该估计到这样两件事：

一，艺术的有用与产房和粮店的有用不一样。二，读小说的人，没有很多时间用来多知道一件别人的事，他知道知道不完。但是，读小说的人却总有兴趣换换角度看这个人间，虽然他知道这也没有个完。

五　现在很流行说"玩儿玩儿"，无论写小说还是干别的什么事，都喜欢自称只是"玩儿玩儿"，并且误以为这就是游戏人生的境界。

您认真看过孩子的游戏吗？认真看过也许就能发现，那简直就是人生的一个象征，一个缩影，一个说明。孩子的游戏有两个最突出的特点：一是没有目的，只陶醉于游戏的过程，或说游戏的过程即是游戏的目的；一是极度认真地"假装"，并极度认真地看待这"假装"。（"假装你是妈妈，他是孩子。""假装你是大夫你给他打针。""假装我哭了，假装你让我别哭。"）当然，孩子的游戏还只是游戏，还谈不上"游戏境界"。当一个人长大了，有一天忽然透悟了人生原来也不过是一场游戏，也是无所谓目的而只有一个过程，然后他视过程为目的，仍极度认真地将自己投入其中如醉如痴，这才是"游戏境界"。

而所谓"玩儿玩儿"呢？开始我以为是"游戏境界"的同义语，后来才知道它还有一个注脚："别那么认真，太认真了会失望会痛苦。"他怕失望，那么他本来在希望什么呢？显然不是希望一个如醉如痴的过程，因为这样的过程只能由认真来维系。显然他是太看重了目的，看重了而又达不到，于是倍感痛苦，如果又受不住这痛苦呢？当然就害怕了认真，结果就"玩儿玩儿"算了。但好像又没有这么便宜的事，"玩儿玩儿"既是为了逃避痛苦，就说明痛苦一直在追得他乱跑。

这下就看出"玩儿玩儿"与"游戏境界"的根本相反了。一个是倾心于过程从而实现了精神的自由、泰然和欢乐，一个是追逐着目的从而在惊惶、痛苦和上当之余，含冤含怨故作潇洒自欺欺人。我无意对这两种情况作道德判断，我单是说：这两件事根本不一样（世上原有很多神异而形似的东西。譬如性生活与耍流氓，其实完全不一样）。我是考虑到，"玩儿玩儿"既然不能认真，久而久之必降低兴致，会成了一件太劳累太吃亏的事。

我想，认真于过程还是最好的一件事。世上的事不怕就不怕这样的认真，一旦不认真了就可怕了。认真是灵魂获取酬劳的唯一途径。小说是关乎灵魂的勾当，一旦失魂落魄，一切"玩儿玩儿"技法的构想，都与洗肠和导尿的意义无二。小说可以写不认真的人，但那准是由认真的人所写并由认真的人去看，可别因为屡屡写不好就推脱说自己没认真，甚至扬言艺术原就是扯淡，那样太像吃不到甜葡萄的酸狐狸了。

六　我觉得，艺术（或说美——不等于漂亮的美）是由敬畏和骄傲这两种感情演成的。

自然之神以其无限的奥秘生养了我们，又以其无限的奥秘迷惑甚至威胁我们，使我们不敢怠慢不敢轻狂，对着命运的无常既敬且畏。我们企望自然之母永远慈祥的爱护，但严厉的自然之父却要我们去浪迹天涯自立为家。我们不得不开始了从刀耕火种到航天飞机的创造历程。日日月月年年，这历程并无止境，当我们千辛万苦而又怀疑其意义何在之时，我们茫然若失就一直没能建成一个家。太阳之火轰鸣着落在地平线上，太阳之光又多情地令人难眠，我们想起：家呢？便起身把这份辛苦、这份忧思、这份热烈而执着的盼望，用斧凿在石上，用笔画在墙上，用文字写在纸上，向自然之神倾诉，为了吁请神的关注，我们又奏起了最哀壮的音乐，并以最夸张的姿势展现我们的身躯成为舞蹈。悲烈之声传上天庭，悲烈之景遍布四野，我们忽然茅塞顿开听到了自然之神在赞誉他们不屈的儿子，刹那间一片美好的家园呈现了，原来是由不屈的骄傲建筑在心中。我们有了家有了艺术，我们再也不孤寂不犹豫，再也不放弃（而且我们知道了，一切创造的真正意义都是为了这个。所以无论什么行当，一旦做到极致，人们就说它是进入了艺术境界，它本来是什么已经不重要了，它现在主要是心灵的美的家园）。我们先是立了一面镜子，我们一边怀着敬畏滚动石头，一边怀着骄傲观赏我们不屈的形象。后来，我们不光能从镜子里，而且能从山的峻拔与狰狞、水的柔润与汹涌，风的和煦与狂暴，云的变幻与永恒，空间的辽阔与时间的悠久，草木的衰荣与虫兽的繁衍，从万物万象中看见自己柔弱而又刚劲的身影。心之家园的无限恰与命运的无常构成和谐，构成美，构成艺术的精髓。敬畏与骄傲，这两极！

七　智力的局限要由悟性来补充。科学和哲学的局限要由宗教精神来补充。真正的宗教精神绝不是迷信。说得过分一点：文学就是宗教精神的文字体现。

眼前有九条路，假如智力不能告诉我们哪条是坦途哪条是绝路（经常有这种情况），我们就停在九条路口暴跳如雷还是坐以待毙？当然这两种行为都是傻瓜所喜欢的方式。有智力的人会想到一条一条去试，智力再高一点的人还会用上优选法，但假设他试完了九条发现全是绝路（这样的事也经常有），他是破口大骂还是后悔不迭？倘若如此他就仅仅比傻瓜多着智力，其余什么都不比傻瓜强。而悟者早已懂得，即便九条路全是坦途，即便坦途之后连着坦途，又与九条全是绝路，绝路退回来又遇绝路有什么两样呢？无限的坦途与无限的绝路都只说明人要至死方休地行走，所有的行走加在一起便是生命之途，于是他无惧无悔不迷不怨认真于脚下，走得镇定流畅，心中倒没了绝路。这便是悟者的抉择，是在智性的尽头所必要的悟性补充。

智性与悟性的区别，恰似哲学与宗教精神的区别。哲学的末路通入宗教精神。哲学依靠着智力，运用着与科学

智性与悟性的区别，恰似哲学与
宗教精神的区别。

相似的方法，像科学立志要为人间建造物质的天堂一样，哲学梦寐以求的是把人的终极问题弄个水落石出，以期根除灵魂的迷茫。但上帝设下的谜语，看来只是为了让人去猜，并不想让人猜破，猜破了大家都要收场，宇宙岂不寂寞凄凉？因而他给我们的智力与他给我们的谜语太不成比例，之间有着绝对的距离。这样，哲学越走固然猜到的东西越多，但每一个谜底都是十个谜面，又何以能够猜尽？期待着豁然开朗，哲学却步入云遮雾障，不免就有人悲观绝望，声称人大概是上帝的疏忽或者恶念的产物（这有点像九条绝路之上智性的大骂和懊丧）。在这三军无帅临危止步之际，宗教精神继之行道，化战旗为经幡，变长矛作仪仗，续智性以悟性，弃悲声而狂放（设若说哲学是在宗教之后发达起来的，不妨记起一位哲人说过的话："粗知哲学而离弃的那个上帝，与精研哲学而皈依的那个上帝，不是同一个上帝。"所以在这儿不说宗教，而是以宗教精神四个字与之区别，与那种步入歧途靠贩卖教条为生的宗教相区别）。如果宗教是人们在"不知"时对不相干事物的盲目崇拜，但其发自生命本源的固执的向往却锻造了宗教精神，宗教精神便是人们在"知不知"时依然葆有的坚定信念，是人类大军落入重围时宁愿赴死而求也不甘惧退而失的壮烈理想。这信念这理想不由智性推导出，更不由君王设计成，甚至连其具体内容都不重要（譬如爱情，究竟为了什么呢），毋宁说那是自然之神的佳作，是生命故有的趋向，是知生之困境而对生之价值最深刻的领悟。这样，它的坚韧不拔就不必靠晴空和坦途来维持，它在浩渺的海上，在雾罩的山中，在知识和学问捉襟见肘的领域和时刻，也依然不厌弃这个存在（并不是说逆来顺受），依然不失对自然之神的敬畏，对生命之灵的赞美，对创造的骄傲，对游戏的如醉如痴（假如这时他们聊聊天的话，记住吧，那很可能是最好的文学）。

总之，宗教精神并不敌视智性、科学和哲学，而只是在此三者力竭神疲之际，代之以前行。譬如哲学，倘其见到自身的迷途，而仍不悔初衷，这勇气显然就不是出自哲学本身，而是来自直觉的宗教精神的鼓舞，或者说此刻它本身已不再是哲学而是宗教精神了。既然我们无法指望全知全能，我们就不该指责没有科学根据的信心是迷信。科学自己又怎么样？当它告诉我们这个星球乃至这个宇宙迟早都要毁灭，又告诉我们"不必惊慌，为时尚早，在那个灾难到来之前,人类的科学早已发达到足以为人类找到另一个可以居住的地方了",这时候它有什么科学根据呢?如果它知道那是一个无可阻止的悲剧,而它又不放弃探索并兢兢业业乐此不疲,这种精神难道根据的是科学吗?不,那只是一个信心而已,或者说宁愿要这样一个信心罢了。这不是迷信吗?这若是迷信,我们也乐于要这个迷信。否则怎么办?死?还是当傻瓜?哀叹荒诞,抱怨别无选择,已经不时髦了,我们压根儿就是在自然之神的限定下去选择最为欢乐的游戏。坏的迷信是不顾事实、敌视理智、扼杀众人而为自己牟利的骗局(所以有些宗教实际已丧失了宗教精神,譬如"文革"中的疯狂、中东的战火)。而全体人类在黑暗中幻想的光明出路,在困惑中假设的完美归宿,在屈辱下臆造的最后审判,均非迷信。所以宗教精神天生不属于哪个阶级,哪个政治派别,那些被神化了的个人,它必属于全人类,必关怀全人类,必赞美全人类的团结,必因明了物之目的的局限而崇尚美之精神的历程。它为此所创造的众神与天界也不是迷信,它只是借众神来体现人的意志,借天界来俯察人的平等权利(没有天赋人权的信念,就难有法律面前人人平等的觉醒。而天赋人权和君权神授，很可以看作宗教精神与迷信的分界）。

这样的宗教精神，拿来与艺术精神作一下比照，想必能得到某种深刻的印象。

八　一支疲沓的队伍，一个由傲慢转为自卑的民族，一伙散沙般失去凝聚力的人群，需要重建宗教精神。

缺乏宗教精神的民族，就如同缺乏爱情或不再渴望爱情的夫妻，不散伙已属奇观，没法再要求他们同舟共济和心醉神迷。以科学和哲学为标准给宗教精神发放通行证，就如同以智力和思辨去谈恋爱，必压抑了生命的激情，把爱的魅力耗尽。用政治和经济政策代替宗教精神，就如同视门第和财产为婚配条件，不惜儿女去做生育机器而成了精神的阉人。

宗教精神不是科学，而政治和经济政策都是科学（有必要再强调一下：宗教精神并不反对科学、政治和经济政策，就像爱情并不反对性知识、家政和挣钱度日，只是说它们不一样，应当各司其职）。作为宗教精神的理想，譬如大同世界、自由博爱的幸福乐园、各尽所能各取所需的完美社会等等，不是起源于科学（谁能论证它们的必然实现？谁能一步步推导出它们怎样实现？），而仅仅是起源于生命的热望，对这种理想的信仰是生命无条件的接受。谁让他是生命呢？是生命就必得在前方为自己树立一个美好的又不易失落的理想，生命才能蓬勃。这简直就像生命的存在本身一样，无道理好讲，唯其如此，在生命枯萎灭亡之前，对它的描述可以变化，对它的信仰不会失落，它将永远与旺盛的生命互为因果。而作为政治和经济的理想却必须是科学的，必须能够一步步去实现，否则就成了欺世。但它即便是科学的，科学尚不可全知全能，人们怎能把它作为无条件的信仰来鼓舞自己？即便它能够实现，但实现之后它必消亡，它又怎么能够作为长久的信仰以使生命蓬勃？因此，任何政治和经济的理想都不能代替宗教精神的理想，作为生命永恒或长久的信仰。

科学家、政治家和经济家，完全没有理由惧怕宗教精神，也不该蔑视它。一切科学、政治、经济将因生命被鼓舞得蓬勃而更趋兴旺发达。一对男女有了爱情，有了精神的美好憧憬与信念，才更入迷地治理家政、探讨学问、努力工作并积起钱财来买房也买一点国库券——所谓活得来劲者是也。爱情真与宗教精神相似，科学没法制造它，政治没法设计它，经济没法维持它。如果两口子没了爱情只剩下家政，或者压根儿就是以家政代替爱情，物质的占有成了唯一理想，会怎么样呢？焦灼吧，奔命吧，乏味吧，麻木吧，最后可能是离婚吧分家吧要不就强扭在一块等死吧，这个家渐渐熄了"香火"灭了生气，最多留一点往日幸福昌盛的回忆。拿这一点回忆去壮行色，阿Q爷还魂了。

有一种婚礼是在教堂中进行，且不论此教如何，也不论这在后来可能仅是习俗，但就其最初的动机而言，它是这样一种象征：面对苍天（即无穷的未知、无常的命运），两个灵魂决心携手前行，不是为了别的而是为了爱情，这种无以解释无从掌握的愿望只有神能懂得，他们既祈神的保佑也发誓不怕神的考验。另一种婚礼是在家里或饭店举行，请来之亲朋越多，宴席的开销越大，新郎新娘便越多荣耀。然后叩拜列祖列宗，请他们放心：传宗接代继承家业的子宫已经搞到。这也是一种象征，是家政取代爱情的象征，是求繁衍的动物尚未进化成求精神的动物的象征，或是精神动物退化为经济动物的象征。这样的动物终有一天会对生命的意义发出疑问，从而失落了原有的信仰，使政治和经济也萎靡不振。因为信仰必须是精神的，是超世务的激情，是超道德的奇想。

我很怀疑"内圣外王"之道可以同时是哲学又是宗教精神。我很怀疑这样的哲学能不被政治左右，最终仍不失为非伦理非实用的学术。我很怀疑在这样的哲学引导下，一切知识和学术还能不臣服于政治而保住自己的独立地位。我很怀疑这样的哲学不是"艺术为政治服务"的根源。我怀疑可以用激情和奇想治政，我怀疑单有严谨的政治而没了激情和奇想怎么能行。

我不怀疑，艺术有用政治也有用。我不怀疑，男人是美的女人也是美的，男人加女人可以生孩子，但双性人是一种病，不美也不能生育。我不怀疑，阴阳相悖相承世界才美妙地运动，阴阳失调即是病症，阴阳不分则是死相。我不怀疑，宗教精神、哲学、科学、政治、经济……应当各司其职，通力合作，但不能互相代替。

如果宗教精神丢失了，将怎样重建呢？这是个难题。它既是源于生命的热望，又怎么能用理智去重建呢（要是你笑不出来，我胳肢你你也是瞎笑，而我们要的是发自内心的真笑）？但解铃还须系铃人，先问问：它既是生命的热望，它又是怎么丢失了的呢？

在我的记忆里，五十年代，人们虽不知共产主义将怎样一步步建成（有科学社会主义，并无科学共产主义）。但这绝不妨碍人们真诚地信仰它，人们信仰它甚至不需要说服，因为它恰是源于生命热望的美好理想，或恰与人们热望的美好理想相同。但后来有人用一种错误的政治冒名顶替了它，并利用了人们对它的热诚为自己牟利（譬如"四人帮"），神不知鬼不觉地把它变成了一个坏迷信，结果人们渐渐迷失于其中，不但失去了对它的信仰，甚至对真诚、善良都有了怀疑，怎么会不疲沓不自卑不是一盘散沙？那么正确的政治可以代替它吗？（正确的家政可以代替爱情吗？）不能，原因至少有三：一来它们是运用着两套不同的方法和逻辑；二来这样容易使坏政治钻空子（就像未经法律程序杀掉了一个坏蛋，便给不经法律程序杀掉十个好人和一个国家主席做了准备那样，给"四人帮"一类政治骗子留了可乘之机）。三来，人们一旦像要求政治的科学性和现实性（要实现）那样要求理想的幸福乐园，岂不是政治家给自己出难题？所以，当我们说什么什么理想一定要实现时，我们一定要明白这也是一个理想。理想从来不是为实现用的，而是为了引着人们向前走，走出一个美好的过程。这样说倒不怕人们对理想失望，除非他不活，否则他必得设置一个经得住摔打的理想——生命的热望使之然。不要骗着他活，那样他一旦明白过来倒失望得要死。让人们自由自在地活，人们自会沉思与奇想，为自己描述理想境界，描述得越来越美好越崇高，从而越加激励了生命，不惧困境，创造不止，生本能战胜死本能，一切政治、经济、科学、艺术才会充满朝气，更趋精彩完美，一伙人群才有了凝聚力。当人们如此骄傲着生命的壮美之时，便会悟出这就是理想的实现。当人们向着生命热望的境界一步步走着的时候，理想就在实现着，理想只能这样实现，不必抱歉。

这下就有点明白了，重建宗教精神得靠养，让那被掠夺得已然贫瘠的土地歇一歇重新肥沃起来，让迷失了疲乏了的人们喘一口气自由地沉思与奇想，人杰地灵好运气就快来了。

文学就是这样一块渴望着肥沃的土地，文学就是这样的自由沉思与奇想，不要以任何理由掠夺它、扼杀它、捆缚它，当然也别拔苗助长。不知这事行不行。

九　文学是创作，创作既是在无路之处寻路，那么，怎么能由文学批评来给它指路呢？可是，文学批评若不能给文学指路，要文学批评干吗用？

文学批评千万别太依靠了学问来给文学指路（当然，更不能靠政策之类），文学恰是在学问大抵上糊涂了的地方开始着创造，用学问为它指路可能多半倒是在限制它。你要人家探索，又要规定人家怎样探索，那就干脆说你不想让人家探索；倘探索的权利被垄断，就又快要成为坏迷信了。文学批评的指路，也许正是应该把文学指引到迷茫无路的地域去，把文学探索创造的权利完全承包给文学。对创造者的尊重，莫过于把它领到迷宫和死亡之谷，看他怎么走出来怎么活过来。当然不能把他捆得好好的，扔在那儿，除此之外，作为作家就不再需要别的，八抬大轿之类反倒耽误事。

禅宗弟子活得迷惑了，向禅宗大师问路，大师却不言路在何处，而是给弟子讲公案。公案，我理解就是用通常的事物讲悖论，悖论实在就是智力和现有学问的迷茫无路之地。大师教其弟子在这儿静悟沉思，然后自己去开创人生之路。悟性就在你脚下，创造就在你脚下，这不是前人和旁人、智力和学问能管得了的。

文学批评给文学指路，也许应该像禅宗大师给其弟子指路，文学才不致沦为一门仿古的手艺，或一项摘录学问的技术。

文学批评当然不仅是为了给文学指路，还有对文学现象的解释、帮助读者理解作品等等其他任务。这是另外的问题。

十　现代物理学及东方神秘主义及特异功能，对文学的启示。

我不精通物理学，也不精通佛学、道学、禅学，我也没有特异功能。我斗胆言及它们，纯属一个文学爱好者出于对神秘未知事物的兴趣，因为那是生命存在的大背景。

过去的经典物理学一直在寻找，组成物体的纯客观的不可分的固体粒子。但现代物理学发现："这些粒子不是由任何物质性的材料组成的，而是一种连续的变化，是能量的连续'舞蹈'，是一种过程。""物质是由场强很大的空间组成的……并非既有场又有物质，因为场才是唯一之实在。""质量和能量是相互转换的，能量大量集中的地方就是物体，能量少量存在的地方就成为场。所以，物质和

'场的空间'并不是完全不同性质的东西，而不过是以不同形态显现而已。"这样就取消了找到"不可分的固体粒子"的希望。

现代物理学的"并协原理"的大意是："光和电子的性状有时类似波，有时类似粒子，这取决于观察手段。也就是说它们具有波粒二象性，但不能同时观察波和粒子两方面。可是从各种观察取得的证据不能纳入单一图景，只能认为是互相补充构成现象的总体。"现代物理学的"测不准原理"是说："实际上同时具有精确位置和精确速度的概念在自然界是没有意义的。对一个可观测量的精确测量会带来测量另一个量时相当大的测不准性。"这就是说，我们任何时候对世界的观察都必然是顾此失彼的。这就取消了找到"纯客观"世界的希望。"找到"本身已经意味着出现的参与。

现代物理学的"嵌入观点"认为：我们是嵌入在我们所描述的自然之中的。说世界独立于我们之外而孤立地存在着这一观点，已不再真实了。在某种奇特的意义上，宇宙本是一个观察者参与着的宇宙。现代宇宙学的"人择原理"得出这样的结论："客体不是由主体生成的，客体并不是脱离主体而孤立存在的的。"

上述种种，细思，与佛、道、禅的"空""无形""缘起""诸行""万象唯识"等等说法非常近似或相同。（有一本书叫做《现代物理学和东方神秘主义》，那里面对此讲得清楚，讲得令人信服。）

看来我们休想逃出我们的主观去，休想获得一个纯客观的世界。"通过感觉认识的物质是唯一的现实世界"——这话可是恩格斯说的。这样，我们还能认为美是客观的吗？还能认为文学可以完全客观地反映什么吗？还能认为（至少在文学上）有个唯一正确的主义或流派吗？还能要求不同心灵中的世界都得是写实的、清晰的、高昂微笑的世界吗？尤其对于人生，还能认为只有一家真理吗？……

特异功能有什么启示呢？特异功能证明了精神（意念）也是能量存在的一种形态（而且可能是一种比物体更为"大量集中"的能量），因而它与物质也没有根本性的不同，也不过是能量"不同形态的显现而已"。这样，又怎么能说精神是第二性的东西呢？它像其他三维物体一样地自在着，并影响我们的生活，为什么单单它是第二性的呢？为什么以一座山、一台机器的形态存在着的能量是第一性的，而以精神形态存在着的能量是第二性的呢？事实是没有任何一种理论和主义是可以离开精神的——包括否定这一看法的理论和主义，我们从来就是在精神和三维物质之中（在多维之中），这即是一种场，而"场才是唯一的实在"。所以我们不必要求文学不要脱离生活，首先它无法脱离，其次它也在创造生活它就是生活的一部分，而且它完全有权创造一种非现实的梦样的生活（谁能否定幻想的价值呢？），它像其他形态的能量一样有自己相对独立的位置，同时它又与其他一切相互联系成为场。一个互相联系的场，一张互相连结的网，哪一点是第一性的呢？

另外，特异功能的那些在三维世界中显得过于奇怪的作为，分明是说它已至少超越了三维世界，而其超越的途径是精神（意念）。由此想到，文学的某种停滞将怎样超越呢？人类的每一个真正的超越，都意味着维的超越。人就是在一步步这样的超越中开拓着世界与自己，而且构成一个永恒的进军与舞蹈。超越一停滞，舞蹈就疲倦，文学就小家子气。爱因斯坦之前，物理学家们声称他们只有在小数点后几位数字上能有所作为了，不免就有点小家子气，直到爱因斯坦以维的超越又给物理学开拓了无比丰富广阔的领域，大家便纷纷涌现，物理学蓬勃至今。文学呢？文学将如何再图超越？我不知道。但我想，以关心人及人的处境为己任的文学，大约可以把描摹常规生活的精力更多的分一些出来，向着神秘的精神进发，再把这以精神为特征的动物放在不断扩大的系统中（场中），来看看他的位置与处境，以便知道我们对这个世界，除了有譬如说法律的人道的态度之外，还应该有什么样的态度。人活着总要不断超越。文学活着总要不断超越。但到底怎样超越？史铁生的智商显得大为不够。

十一　"绿色和平"对文学的启示。

绿色和平组织也叫绿党。它从维护自然界的生态平衡出发，慢慢涉及社会生活的一切领域，发展出一套新的世界观和人生观。它认为以往人们对世界的态度都是父性的或雄性的，是进攻、榨取、掠夺性的，而它主张应对世界取母性的或雌性的态度，即和解的共存的互惠的态度。我想，它一定是在一个更大的系统中看到了人的位置与处境。譬如说，如果我们的视野只限于人群之中，我们就会将"齐家治国平天下"视为最高目的，这样就跳不出人治人、阶级斗争和民族主义之类的圈子去，人所尊崇的就是权力和伦理的清规戒律，人际的强权、争斗以及人性的压抑使人备受其苦。当我们能超越这一视点，如神一样地俯察这整个的人类之时，我们就把系统扩大了一维，我们看到人类整体面对着共同的困境。我们就有了人类意识，就以人道主义、自由平等博爱为崇高的理想了，厌弃了人际的争斗，强权与种种人为的束缚。但这时人们还不够明智，在开发利用自然之时过于狂妄，像以往征服异族那样，雄心勃勃地宣称要征服自然，以致最后成了对自然的榨取和掠夺，殊不知人乃整个自然之网的一部分，部分征服部分则使整体的平衡破坏。自然生态失去平衡使人类也遭殃。当我们清醒了这一点，我们就会在更大的系统中看人与世界的关系了。我们就知道我们必须要像主张人人平等那样主张人与自然万物的平等，我们将像放弃人际的强权与残杀那样放弃对整个自然之网的肆意施虐。由此，我们将在一切领域中鄙视了以往的父性的英雄观，最被推崇的将是合理与共存与互惠，人与万物合为一个优美的舞蹈，人在这样的场中更加自由欢畅。从阶级的人，到民族的人，到人类的人，到自然的场中人，系统一步步扩大。这样的扩大永无止境，所谓"无极即太极"吧，这说明文学无需悲观，上帝为精神预备下了无尽无休的审美之路（并非向着宏观的拓展才是系统的扩大，向着微观的深入也是）。

所以我想，文学也该进入一个更大的系统了，它既然是人学，至少我们应该对"征服""大师""真理"之类的词汇重新定义一下。至少我们在"气吞山河"之际应该意识到我们是自然之子。至少我们在主张和坚持一种主义或流派时，应该明白，文学也有一个生态环境一个场，哪一位或哪一派要充当父性的英雄，排斥众生独尊某术，立一个放之四海而皆准的真理，都会破坏了场，同时使自己特别难堪。局部的真理是多元的，放之四海而皆准的真理（即整体的真理）是承认这种多元——人总不能自圆其说，这是悖论的魔力。

十二　所谓"贵族化"，其实有两种含义，一种是贬义的，一种是褒义的。

一群人，自己的吃穿住行一类的生活问题都已解决，因而以为天下都已温饱，不再关心大众的疾苦乃至社会主义，这当然是极糟糕的。

一群人，肉体的生存已经无忧，于是有余力关心人的精神生活，甚至专事探讨人的终极问题，这没什么错，而且是很需要的。

精神问题确是高于肉体问题，正如人高于其他动物。但探讨精神问题的人如果因此自命高人一等，这当然是极蠢的，说明他还没太懂人类的精神到底是怎样一个问题，这样探讨下去大约也得不出什么好结果。

精神问题或人的终极问题，势必比肉体问题或日常生活问题显得玄奥。对前者的探讨，常不是广大群众所喜闻乐见的，甚至有时显得脱离实际，这很正常，绝不说明这样的探讨者应该下放劳改，或改弦更张迁就某些流行观念。

爱因斯坦和中学物理教师，《孩子王》和《少林寺》，航天飞机和人行横道，脏器移植和感冒冲剂，复杂的爱情与简单的生育，玄奥的哲学与通常的道德规范……有什么必要争论要这个还是要那个呢？都要！不是吗？只是不要用"贵族化"三个字扼杀人的玄思奇想，也不必以此故作不食人间烟火状。有两极的相斥相吸才有场的和谐。

"贵族化"一词是借用，因为过去多半只是贵族才不愁吃穿，才有余暇去关注精神。现在可以考虑，在学术领域中将"贵族化"一词驱逐，让它回到原来的领域中去。

多数中国人的吃穿住行问题尚未解决，也许这是中国人更关心这类问题而较少关心精神生活的原因？但一向重视这类问题的中国人，却为什么一直倒没能解决了这类问题？举个例说，人口太多是其原因之一。但若追根溯源，人口太多很可能是一直较少关心精神生活的后果——这是个过于复杂的话题。

我只是想，不要把"贵族化"作为一个罪名来限制人们对精神生活的关怀，也不要把"平民化"作为较少关怀精神生活的溢美之词。这两个词，不该是学术用词。至少这两个词歧义太多，用时千万小心。我想，文学更当"精神化"吧。

十三　乐观与悲观。

已经说过人的根本困境了。未见这种困境，无视这种困境，不敢面对这种困境——以此来维系的乐观，是傻瓜乐观主义。信奉这种乐观主义的人，终有一天会发现上当受骗，再难傻笑，变成绝望，苦不堪言。

见了这种困境，因而灰溜溜地再也不能振作，除了抱怨与哀叹再无其他作为——这种悲观是傻瓜悲观主义。信奉这种悲观主义的人，真是惨极了，他简直就没一天好日子过。也已经说过了，人可以把困境变为获得欢乐的机会。

人的处境包括所有真切的存在，包括外在的坦途和困境，也包括内在的乐观和悲观，对此稍有不承认态度，很容易就成为傻瓜。所以用悲观还是乐观来评判文学作品的好与坏，是毫无道理的。表现和探讨人的一切处境，一切情感和情绪，是文学的正当作为，这种作为恰恰说明它没有沾染傻瓜主义。当人把一切坦途和困境、乐观和悲观，变作艺术，来观照、来感受、来沉思，人便在审美意义中获得了精神的超越，他不再计较坦途还是困境，乐观还是悲观，他谛听着人的脚步与心声，他只关心这一切美还是不美（这儿的美仍然不是指漂亮，而是指兼有着敬畏的骄傲）。所以，乐观与悲观实在不是评判文学作品的标准，也让它回到它应该在的领域中去吧。

况且，从另一种逻辑角度看，敢于面对一切不正是乐观吗？遮遮掩掩肯定是悲观。这样看来，敢于写悲观的作品倒是乐观，光是叫嚷乐观的人倒是悲观——悖论总来纠缠我们。

1988 年